AOKO MATSUDA

ONDE VIVEM AS MONSTRAS

AOKO MATSUDA

ONDE VIVEM AS MONSTRAS

TRADUÇÃO:
Rita Kohl

1ª reimpressão

G GUTENBERG

Copyright © 2016 Aoko Matsuda
Copyright desta edição © 2023 Editora Gutenberg
Direitos de tradução para o Brasil negociados com a autora por meio da agência Fortuna Co., Ltd. Tóquio, Japão.

Título original: *Obachan-tachi no iru tokoro*

Todos os direitos reservados pela Editora Gutenberg. Nenhuma parte desta publicação poderá ser reproduzida, seja por meios mecânicos, eletrônicos, seja via cópia xerográfica, sem autorização prévia da Editora.

EDITORA RESPONSÁVEL
Flavia Lago

EDITORAS ASSISTENTES
Samira Vilela
Natália Chagas Máximo

PREPARAÇÃO DE TEXTO
Samira Vilela

REVISÃO
Cristina Yamazaki

PROJETO GRÁFICO DE CAPA
Cristina Gu

ILUSTRAÇÃO DE CAPA
Ing Lee

DIAGRAMAÇÃO
Waldênia Alvarenga

Dados Internacionais de Catalogação na Publicação (CIP)
(Câmara Brasileira do Livro, SP, Brasil)

Matsuda, Aoko
  Onde vivem as monstras / Aoko Matsuda ; tradução Rita Kohl. -- 1. ed. 1. reimp. -- São Paulo : Gutenberg, 2024.

  Título original: Obachan-tachi no iru tokoro

  ISBN 978-85-8235-715-6

  1. Contos japoneses 2. Terror - Ficção I. Título.

23-170222   CDD-895.635

Índices para catálogo sistemático:

1. Contos : Literatura japonesa 895.635

Eliane de Freitas Leite - Bibliotecária - CRB 8/8415

A **GUTENBERG** É UMA EDITORA DO **GRUPO AUTÊNTICA**

São Paulo
Av. Paulista, 2.073 . Conjunto Nacional
Horsa I . Sala 309 . Bela Vista
01311-940 . São Paulo . SP
Tel.: (55 11) 3034 4468

Belo Horizonte
Rua Carlos Turner, 420
Silveira . 31140-520
Belo Horizonte . MG
Tel.: (55 31) 3465 4500

www.editoragutenberg.com.br
SAC: atendimentoleitor@grupoautentica.com.br

7	SE CUIDAR
29	LANTERNAS FLORIDAS
47	HINA-CHAN
61	ZELOTIPIA
75	ONDE VIVEM AS MONSTRAS
89	A PESSOA AMADA
99	A VIDA DE KUZUHA
113	DO QUE ELA É CAPAZ
121	O QUE ARDE É O CORAÇÃO
133	MEU SUPERPODER
141	AS ÚLTIMAS BOAS-VINDAS
151	TIME SARASHINA
159	DIA DE TRÉGUA
167	SE DIVERTINDO
177	A VIDA DE ENOKI
185	A JUVENTUDE DE KIKUE
199	EMINÊNCIA
209	INSPIRAÇÃO PARA AS HISTÓRIAS

SE CUIDAR

Eu sou uma mulher bonita.
Eu sou uma mulher bonita e atenciosa.
Eu sou uma mulher bonita, atenciosa e sexy.
Eu sou uma mulher bonita, atenciosa, sexy e delicada.
Eu sou...

– Pronto, finalizamos o lado direito. Agora vamos para o esquerdo.

Minha cabeça estava completamente tomada pelo encantamento quando a voz da funcionária soou próxima ao meu rosto. Distraída, agradeci maquinalmente.

– Ah, ok, obrigada.

A moça contornou a cama onde eu estava estirada, coberta até o peito por uma toalha. Depois que ela ajustou as configurações, a máquina recomeçou a emitir seu *bip-bop*. Fiquei olhando para o teto, tentando não encarar demais cada gesto dela, e senti uma dorzinha formigante percorrer meu braço. Doía num nível perfeitamente tolerável. A máquina repetiu o *bip-bop*.

Eu sou uma mulher bonita, atenciosa, sexy, delicada e com bom gosto para moda.
Eu sou uma mulher bonita, atenciosa, sexy, delicada, com bom gosto para moda e também um faro incrível para decoração e acessórios.
Eu sou uma mulher bonita, atenciosa, sexy, delicada, com bom gosto para moda e também um faro incrível

para decoração e acessórios, e que ainda por cima cozinha muito bem.

Acompanhando o ritmo dos apitos da máquina, fui listando todos os pontos positivos do meu charme feminino. Como enlatados correndo pela esteira de uma fábrica. Se bem que, sendo sincera, teria que admitir que aquela lista se referia a um ideal, ao meu eu futuro.

Eu sou uma mulher bonita, atenciosa, sexy, delicada, com bom gosto para moda e também um faro incrível para decoração e acessórios, que ainda por cima cozinha muito bem e de vez em quando prepara doces incríveis num piscar de olhos.
(*bip-bop, bip-bop*)
Eu sou uma mulher bonita, atenciosa, sexy, delicada, com bom gosto para moda e também um faro incrível para decoração e acessórios, que ainda por cima cozinha muito bem, de vez em quando prepara doces incríveis num piscar de olhos por quem todo mundo se apaixona.
(*bip-bop, bip-bop*)
Eu sou uma mulher bonita, atenciosa, sexy, delicada, com bom gosto para moda e também um faro incrível para decoração e acessórios, que ainda por cima cozinha muito bem, de vez em quando prepara doces incríveis num piscar de olhos por quem todo mundo se apaixona e dona de uma pele macia e sedosa que dá gosto de passar a mão.
Eu sou...

– Muito bem, terminamos por hoje. Aguarde um instante, vou resfriar a pele.

Sua maquiagem clássica havia sido minuciosamente aplicada, e um grande sorriso se abriu nos lábios finos como um arco, pintados de bege. "Quem mantém o rosto alegre atrai boa fortuna." "Um rosto sorridente faz a sorte sorrir."

Me vieram à mente esses pseudoaforismos que escutei em algum lugar.

Os dentes perfeitamente alinhados. O uniforme branco com um leve brilho azulado. A planta ornamental em um canto da sala, a triste trilha sonora imitando caixinha de música. Repassei as características daquela clínica de depilação instalada no andar mal iluminado de um prédio. De repente, me dei conta de que a permanente que eu fizera três dias antes estava sendo cruelmente esmagada contra a toalha sobre a qual eu me deitava. Aflita, ergui um pouco a cabeça e levei a mão ao cabelo para avaliar a situação. Estava todo amassado, fino e morno, frágil como o de um bebê.

...

No horário que saí do salão a loja de departamento ainda estava aberta, então dei uma volta pela seção de cosméticos no térreo para checar as tendências da estação. Depois, apesar do preço um pouco salgado, comprei algumas comidas prontas na Dean & DeLuca, uma baguete na padaria para acompanhar e, muito satisfeita com meus preparativos, peguei o trem para casa. A voz agradável de uma cantora estrangeira saía do meu iPhone. Eu não entendia bem a letra, mas a música era tão linda, com certeza era uma canção de amor. Na tela do meu celular brilhava a capa do álbum, um close da cantora com o cabelo longo e reluzente como o de uma fada. Por que é que eu não nasci loira?, pensei, tocando meu cabelo pretíssimo, que via refletido na janela do trem. Na próxima vida, nascerei loira. Então vou andar por aí falando *hello* e tal, e namorar um cara lindo que também será loiro. Vou passar meus dias cercada de coisas bonitas, dessas coisas que só de olhar alegram a gente e deixam o coração quentinho.

Tantas coisas maravilhosas que nem vou saber o que fazer com elas. Nossa, que pessoa de sorte.

Com passos leves, quase saltitando, passei pela rua de comércios locais no caminho entre a estação e a minha casa. O mercado onde os pratos prontos já deviam estar com o desconto de fim de expediente, a loja de doces japoneses mantida por um velhinho e uma velhinha bem enrugados, já com a porta de aço baixada até a metade, a barbearia cujo dono está sempre sentado ao lado da janela lendo o jornal e onde nunca vi entrar um único cliente, o pôster de um bazar organizado havia mil anos, já meio rasgado. Tudo isso passou pelo canto do meu campo de visão e eu ignorei grandiosamente. Essas coisas não faziam parte da minha fantasia.

...

Cheguei ao meu apartamento de um quarto, num prédio de três andares de concreto armado, arrumei as comidas da Dean & DeLuca sobre a mesa de design escandinavo – uma pequena extravagância que me permiti comprar – e dei play no filme da Michelle Williams alugado na Tsutaya. Bem nesse instante, a campainha tocou. Preparada para fingir que não havia ninguém em casa se fosse preciso, pois não são poucos os perigos que assombram uma mulher morando sozinha, me aproximei da porta pisando macio e espiei pelo olho mágico. Não vi ninguém, só a parede do corredor. Todas as opções terríveis passaram pela minha cabeça, *vendedores insistentes aliciamento roubo estupro estupro estupro estupro*, até que de súbito me ocorreu outra possibilidade, que me fez abrir a porta num espasmo.

Quem encontrei parada ali foi minha tia.
– Tia?!
– Que cara é essa, menina?

Ela me encarou apertando os olhos, lançou por cima dos meus scarpins e minhas sapatilhas seus chinelos de tiras que pareciam ter sido comprados em algum varejão bem barato – por cima dos meus scarpins Fabio Rusconi e minhas sapatilhas Repetto! – e foi entrando no apartamento, reclamando que aquela entrada era minúscula, credo, que horror. Depois emendou uma crítica à minha postura, que segundo ela estava péssima como sempre e, com um *upa*, deu um tapa na minha coluna. Eu endireitei a coluna num susto enquanto ainda fitava, perplexa, a marca grosseira de seus calcanhares nos chinelos jogados pelo chão. Às minhas costas, minha tia exclamou que o corredor também era apertado que só o diabo.

– A sua mãe tinha essa mesma postura horrorosa desde pequeninha, sabia? Aff, mas que mulher desanimada. Eu vivia puxando os ombros dela pra trás, eram curvados assim, ó. Na hora ficava bom, mas dava um minuto e ela relaxava, voltava tudo pra onde estava antes. É que a personalidade da pessoa transparece no corpo. Opa, isso aqui tá com uma cara boa, hein!

Sem a menor hesitação, ela foi se sentando diante da mesa perfeita que eu havia acabado de arrumar. A cadeira que combinava com a mesa, sujeita de súbito a um peso maior do que o habitual, soltou um rangido de protesto. Assustada, fiquei olhando o buraco aberto na terrina, onde minha tia enfiara um dedo para provar. Tentei em vão organizar minhas ideias enquanto ela ficava cada vez mais à vontade, o DVD também seguindo adiante, ambos me deixando para trás. Não era hora de pensar nisso, mas reparei como os pelos dos braços da Michelle Williams brilhavam ao sol e fiquei com inveja das mulheres estrangeiras que não precisavam se depilar.

– Pelo amor, tá um calor do cão, me deu uma sede horrorosa. Você não tem nada pra beber, não?

Minha tia se abanou, agitando a gola do suéter sintético estampado com um tigre feito de incontáveis lantejoulas roxas e douradas. Uma camiseta íntima acinzentada apareceu por baixo dele. Aquela mulher era inteirinha feita de produtos baratos da Ito-Yokado, da cabeça aos pés. Enquanto eu abria a geladeira, ela riu pelo nariz.

– Mas menina, que geladeirinha miserável, não deve caber nada aí dentro!

– Só tem sidra.

Estendi uma garrafa e ela a pegou de má vontade.

– Que raio é sidra? Não tem um negócio mais normal, uma cerveja? Olha o tamanico disso aqui, não dá nem pro cheiro!

Apesar disso, logo tomou um gole, exclamou que até que era bom e deu risada, abrindo a boca enorme.

...

No fim, acabamos jantando juntas e vendo o DVD até o final.

(– Essas comidas até que prestam, também!

– Claro que prestam, são da Dean & DeLuca.

– Dean e quê? Nunca ouvi falar.)

Minha tia não parecia muito interessada no filme, ficava correndo os olhos pelo cômodo. Mas, na cena em que a Michelle Williams e as outras mulheres foram fazer natação e depois apareceram nuas tomando banho, disparou:

– Escuta, tem uma coisa que sempre me deixou encasquetada. As mulheres estrangeiras têm pelos clarinhos nos braços e nas pernas, a gente mal vê. Mas nas *partes*, só ali, os pelos são escuros que nem os nossos! Lembra daquela Janet? Aquela que veio pro Japão dar aula de inglês e agora voltou pros Estados Unidos? Ou será que era Austrália? Então, uma vez eu fui com ela nos banhos termais de Izu e pensei nisso.

Realmente, os pelos das mulheres do filme eram escuros só ali, chamavam muita atenção. Acho que ficava mais estranho justamente porque o resto dos pelos não aparecia muito.

– Verdade!

– Eu já ouvi dizer que a cor dos pelos das sobrancelhas é igual à das *partes*, mas parece que não é verdade. Será que, por essas partes serem as que mais precisam de proteção, o corpo se empenha em fazer pelos bem grossos só lá?

– É... sei lá.

– Que isso, tá com vergonha, é? Vamos, desembucha, quero saber o que você acha! – Ela bateu a mão com força na mesa, mas eu ignorei e levei à boca uma porção de salada césar.

...

No instante em que desliguei o filme, durante os créditos, foi como se minha tia tivesse encontrado a deixa que estava esperando – esticou um braço sobre a mesa, debruçou o corpo e começou:

– Bom, acho que chegou a hora de conversar sério. O que é que você foi fazer hoje? Hein? Conta pra mim.

– Oi? – Olhei para ela, sem entender do que estava falando. Era o rosto da minha tia, era marcado por rugas magníficas.

– Que "oi", nada. O que é que você foi fazer? Que história é essa de tirar a força dos seus pelos?

– A força dos meus pelos?

– Aí eu vim pra cá toda descadeirada pra ver como você tá, e olha só pra essa casa, essas tralhas, que desastre! Esse monte de troço rosa? Não combina com a decoração elegante da senhora, viu?

Ela ergueu com dois dedos, como se sentisse nojo, a almofada cor-de-rosa que até então acomodava suas costas.

– Pois saiba que cor-de-rosa dá boa sorte no amor, tá! – soltei, furiosa, pois ela tocara num ponto sensível. Fechei os punhos para esconder o esmalte rosa das unhas.

— Arre, que sorte no amor? Com essa cara de azeda?! — disse ela, completamente pasma. — E ainda falando com sotaque de Tóquio? Abobou, foi? Essa não é você, menina.

— Sou eu, sim! Agora eu sou uma mulher da metrópole!

— "Metrópole", aff. — Ela me encarou. — Agora deu pra botar banca de fina? Pensa que eu não sei que seu namorado te deu um pé? Quando você abriu a porta agorinha, foi porque pensou que podia ser ele, não foi? Que pena, era só a titia... Eu tô sabendo de tudo, minha filha. Ele tinha outra, não tinha? Ô, coitada, como é que você não percebe uma coisa dessas? Mas é uma bocó essa menina, nem se dá conta...

Como quem corre para agarrar os produtos de um saldão, como quem estraçalha um papel de presente sem cerimônia nem sentimentalidade, minha tia escancarou minha caixa de pandora. Meu sangue desceu de uma só vez até as unhas dos pés e tudo diante dos meus olhos ficou branco.

— E agora você me vem com essa de ficar bonita pra se vingar, de frequentar salão, de gastar uma nota em roupa, maquiagem e não sei mais o quê. É tão óbvio que chega a dar dó!

Ela deu uma risada zombeteira.

— E você, tia?! Acha que pode baixar assim do nada na casa dos outros e sair falando tudo o que te dá na telha? Fiquei escutando calada porque sou legal, não quis ser grossa com você, ainda mais depois de tudo o que aconteceu. Mas se é isso que você quer, pode deixar que eu falo mesmo! Eu também tenho umas verdades pra te dizer!

Fiquei de pé e me preparei para o ataque. Ela virou o rosto com uma fungada, como se aceitasse meu desafio.

— Porque escuta aqui, tia, você já morreu! Faz mais de ano. Suicídio, ainda por cima, com uma corda no pescoço! Todo mundo levou um baita susto, sabia? Quem te encontrou foi o Shigeru, quando chegou da faculdade, e o choque deixou ele bem mal, viu? Até hoje ele não melhorou, nem tente ignorar esse trauma. Se você consegue aparecer assim pros outros feito assombração, então vai lá ver seu filho! O que você veio fazer na minha casa, hein?

Desembuchei tudo de uma vez. Depois de se certificar que eu tinha terminado, minha tia franziu o nariz e, sacudindo a mão, respondeu sem se abalar:

– Ih, com aquele lá tá tudo bem. Não tem problema não, ele é um menino muito direito. Acredita que ele vai sempre visitar meu túmulo, todo comportado? Se tem tempo pra ir lá desse jeito, era melhor arranjar uma ou duas namoradas, o abestalhado. E toda vez ele faz questão de levar alguma comida que eu gosto pra botar de oferenda, imagina? Dá vontade de chorar! Sério, se você encontrar seu primo, fala pra ele que não precisa ir tanto, não.

– Como é que eu vou dizer um troço desses, tia? – respondi, chocada, e larguei o corpo de volta na cadeira.

Depois, tomei coragem e fiz a pergunta que ainda não tivera a chance de fazer – afinal, ela estivera morta até então.

– Mas por que foi que você se matou?

Minha tia forjou uma cara meiga e perguntou se eu não tinha um docinho. Depois que servi, contrariada, um chá preto e biscoitos que vinha guardando para alguma ocasião especial, ela pareceu satisfeita e começou a falar.

– É que uma hora eu cansei de tudo. Você já deve saber que eu era amante de um certo homem aí, né. Parece enredo de novela barata, mas, bom, é o pai do Shigeru. A gente se conheceu quando eu tinha vinte e poucos anos, eu fiquei louquinha por ele, só que ele já estava com o futuro todo definido, sabe. Mesmo assim, eu fui feliz por três décadas. Só que aí um belo dia ele virou pra mim e disse que estava chegando a hora de parar com aquilo. Que já tinha me comprado um apartamento, me dado o bar pra cuidar, que não ia cortar toda a ajuda assim de repente, mas que estava na hora de parar. Dá pra acreditar? Falou como se fosse muito magnânimo, muito bondoso. Nossa, mas eu fiquei fula!

Enquanto me contava a história, minha tia foi ficando cada vez mais brava. Parecia se lembrar de tudo como se fosse ontem.

– Aí eu peguei e me enforquei, assim sem pensar. Depois me arrependi, sabe. Na hora, achei que essa era a coisa mais cruel que eu podia fazer com ele. Só que não era. Foi bobagem minha...

Ela fitou o vazio com o olhar distante. Como se quisesse encontrar o momento preciso em que tinha se enganado, o momento a partir do qual gostaria de refazer seus passos.

Observando seu rosto, lembrei de como ela era quando cuidava do bar. Não era um lugar muito chique, ela não usava quimono nem nada disso, mas estava sempre bem maquiada, de batom bem vermelho na boca, e se vestia com certo esmero. Suas roupas não cheiravam a saldão da Ito-Yokado. Eu pensava, com tristeza, em como minha tia estivera cansada no fim da vida, quando de repente ela virou e me olhou com tanta intensidade que levei um susto.

– Você lembra daquele dia que a gente foi ver uma peça de *kabuki*, eu, você, mais sua mãe? Você era bem menina, no intervalo a gente comeu um *obentô* lindo, lembra? A peça era *Musume Dōjōji*.

– Musume o quê?

– Aquela sobre Kiyohime, a princesa que se apaixona por um homem e é traída, aí ela se transforma numa cobra, aparece no templo onde o cara mora, fica dançando e dançando! Você ficou até emocionada, não lembra, não? Arre, que menina sem sentimento.

Enquanto minha tia zombava de mim, busquei na memória e, aos poucos, a imagem foi surgindo junto com o acompanhamento musical de flautas e tambores. Uma figura que tremia, se agitava, se inclinava e rodopiava, sem parar um segundo.

...

Naquele dia da minha infância, cheguei a me perguntar se falavam a mesma língua que eu na peça de *kabuki*, porque não entendia uma palavra sequer. O primeiro ato era de narração, tinha só um bando de sujeitos com a cara pintada de branco, que apareciam, falavam e falavam sem parar um monte de coisa que eu não entendia, depois uns iam embora, outros continuavam por ali. Achei aquilo um tédio, minha bunda doía, e quando finalmente acabou foi um alívio.

No intervalo, enquanto minha mãe e minha tia abriam seus *obentô* pra comer, comentando que Fulano era muito bom e que Beltrano era sexy, eu reclamei que aquilo estava chato demais, que eu não entendia uma palavra. Mas elas não me deram atenção, disseram pra eu não falar bobagem, onde já se viu, os atores eram japoneses como eu, estava tudo bem. Eu decidi que, se não estivesse aguentando, ia sair no meio e me refugiar no hall, e então começou o ato seguinte. Quando a cortina abriu, estavam tocando só *shamisen* e um tambor pequenininho, e um monte de tios cantava com voz esquisita umas coisas que eu continuava sem entender. Aí uma mulher de quimono (que na verdade era outro tio, vestido de mulher) chegou arrastando os pés e começou a dançar. Era Kiyohime.

Kiyohime era incrível. No começo ela dançava de um jeito charmoso, mas foi se animando, sua dança começou a ganhar um ar meio sinistro, e seguiu dançando assim, loucamente, por quase uma hora sem parar. Ela estava usando vários quimonos, um em cima do outro, e de vez em quando alguém vinha bem discretamente e tirava um deles, uma camada de cada vez. Então, sem parar de dançar, ela ia mudando de quimonos, um tão lindo quanto o outro, parecia mágica, e os objetos que ela segurava também variavam o tempo todo. Com o corpo inclinado pra frente e, fiquei embasbacada, com os olhos fixos na Kiyohime, nunca tinha visto um negócio daqueles. No final, vestida com um quimono prateado todo brilhante, ela subiu no sino enorme do templo e se empertigou lá em cima.

Depois que a peça acabou, continuei estupefata. Minha tia achou graça da minha cara e me entregou um *dorayaki* pra comer.

– Você viu aquele quimono prateado e brilhante? Eram as escamas da cobra! – me contou ela.

...

– Kiyohime era tão descolada... Dançava de um jeito obstinado, dinâmico...

Minha tia falou enlevada, fazendo uma pose dramática, com o rosto apoiado na mão e o olhar sonhador. Eu concordei, tomando um gole de chá. Realmente, Kiyohime era muito estilosa.

– Fico pensando que devia ter me dedicado mais, até conseguir virar uma cobra que nem ela. Por que assim, foram trinta anos, sabe. De que adianta eu botar banca na hora, me fazer de mulher madura e sensata, e depois pegar e me enforcar?! Ai, mas que idiota. O certo era rogar uma praga mortal nele. Afinal, não foi isso que ele me fez? Isso de querer ser íntegra pode ser conveniente, mas não é nada descolado.

Dito isso, ela começou a mordiscar um biscoito e anunciou enquanto comia:

– Então, agora eu estou desenvolvendo minhas técnicas, viu.

— Técnicas?
— Pensei que ainda dá tempo, sabe? Tive que praticar um ano pra conseguir aparecer assim, desse jeito.
— Como é que é? Você tá dizendo que aparecer assim é uma técnica?
— Pois sim, senhora. É o resultado dos meus esforços.
— Acho que só isso já é bem impressionante, tia!
— Ah, não, isso aqui é fichinha. Não tem graça nenhuma. Foi o que você pensou quando eu cheguei, não foi? Que não tinha graça? Quero fazer alguma coisa muito mais apavorante, que marque o coração daquele homem pro resto da vida. É esse tipo de habilidade que preciso desenvolver.
— Nossa...

Sem saber o que dizer, também enfiei um biscoito na boca. Era muito gostoso, mas, não sei, talvez o sabor fosse meio refinado demais. E o *dorayaki* que minha tia me deu naquele dia, será que eu tinha comido inteiro?

— Mas olha, voltando ao assunto de antes, eu sei que você vai entender o que quero dizer. Você quer abrir mão da força dos seus pelos assim, sem pensar? Sei muito bem o que houve: depois de levar um chifre daquele lá, você decidiu que tem que *se cuidar* ou seja o que for. E agora inventou de fazer depilação permanente. Você acha que isso vai mudar alguma coisa?! Esses pelos são a única coisa selvagem que te resta. São preciosos! Então, o que eu quero é que você pare e pense direito. Pense no que pode fazer com eles. Não quero te ver desse jeito, toda amuada só porque um homenzinho idiota te deu um fora. Quero que você faça como a princesa Kiyohime. A força dos pelos é seu poder.

Aquilo me irritou. Mas que pentelhação, que mulher biruta! Só que ao mesmo tempo me fez lembrar como minha tia era quando viva. Desde antes de morrer ela já tinha essa mania de sair falando sobre a força da natureza, se metia a fazer sabonete natural, a pintar o cabelo de hena, ficava um vermelho horroroso... Ela era tão engraçada! Por que é que ela teve que morrer? Entendi como ela se sentia. E cheguei a ficar grata por ela ter vindo me ver antes de visitar o Shigeru, que – não era de se surpreender – desde aquele dia tinha se tornado uma pessoa bem negativa.

– Mas a Kiyohime virou uma cobra, não foi? As cobras são lisinhas! – brinquei.

– Não diga asneira, menina – respondeu ela, com ar impaciente, e continuou: – Você sabia que no *kabuki Musume Dōjōji* tem outro ato chamado "Futari Dōjōji", em que duas pessoas dançam juntas?

Minha tia deu uma risada exagerada que nem os batons vermelhos que ela costumava usar. Depois, de súbito, fez uma expressão de finesse e apertou minha mão magra, com unhas cor-de-rosa.

– Vamos virar monstras, juntas! – disse minha tia, mudando de repente para o dialeto de Tóquio.

...

– Bom, quando eu desenvolver a técnica que quero, venho te mostrar antes de usar pra valer – declarou minha tia, animada, e então foi embora. Saiu toda comportada pela porta do apartamento, apesar de ser um fantasma.

Apesar de ser um fantasma, resmunguei comigo mesma. O vapor que preenchia a sala espaçosa do banho público abafou meu murmúrio. Um fantasma! Mas ela não se parecia nem um pouco com um fantasma. Tinha mil vezes mais vigor do que eu, uma covarde que, mesmo sentindo o corpo drenado da última gota de energia, seguia adiante, enchendo a cabeça de encantamentos e fingindo que estava tudo bem.

Enquanto me lavava com o sabonete orgânico que trouxera de casa, fiquei pensando no discurso da minha tia.

Pensar direito no que eu poderia fazer com meus pelos? Que diabos isso queria dizer? Pelos são só pelos, ué.

Mas, no instante em que pensei essa frase, percebi que não era de fato o que eu sentia. Os pelos, o *problema* dos pelos, me acompanhava todo o tempo. Eu raspava, arrancava, e eles cresciam de novo, sem parar, um moto-perpétuo. Eu era prisioneira dos pelos. Não só eu, mas todas as mulheres. Revi o rosto das mulheres sentadas comigo na sala de espera da depilação, mais cedo. A sala do banho público feminino em que eu estava agora estava cheia de mulheres de todas as idades, e várias delas, ao lavar o corpo, aproveitavam para passar giletes pelas pernas ou braços. Os pelos pretos escoavam para dentro do ralo, misturados à espuma.

(O que aconteceu – e eu não podia deixar de pensar que havia sido um ataque da minha tia – foi que, depois que ela foi embora, o ofurô do meu apartamento parou de funcionar. Inacreditável! Um ofurô quebrar, em pleno século 21? Mais do que isso, era inacreditável que, em pleno século 21, eu morasse em um apartamento com um sistema tão antiquado de aquecimento a gás. Fui tomar banho, virei o botão e o fogo do aquecedor não acendeu. Só um barulhinho triste ecoou pelo banheiro – *ticticticti*. Fiquei parada, nua, esperando ele ligar. Quando enfim desisti e procurei a assistência técnica, me disseram com indiferença que só poderiam fazer uma visita técnica dali a dois dias. Em pleno século 21! Que golpe, esse século 21 em que ainda usamos os mesmos velhos sistemas de aquecimento a gás.)

Depois da gilete, a pele das mulheres ficava lisinha. Não era difícil pensar que era melhor assim. Mas quando foi que começou esse negócio de acharem que era melhor ser lisinha? Quem foi a primeira pessoa que achou que seria mais bonito não ter pelos e resolveu começar com isso? E por que as outras mulheres falaram ah, é, tem razão, e começaram e se depilar também? Por que é que eu, vivendo tanto tempo depois disso, continuava achando a mesma coisa? Por que, em pleno século 21, eu tinha que gastar uma grana preta e horas da minha vida no salão para me depilar? Parecia o tipo de coisa que, com as tecnologias do século 21, poderia ser feita num instante – sumir com tudo e deixar lisinho, *plim*.

A barulheira despreocupada de muitas bacias e banquinhos de plástico raspando no chão ecoava ao meu redor. Mulheres de pele sedosa, mulheres que não estavam com a depilação em dia, velhinhas que pareciam indiferentes aos pelos esparsos espalhados pelo corpo. Por que nós, mulheres, não conseguimos escapar dos pelos? Reparei que estava encarando os pelos de todas as mulheres da sala de banho, que daquele jeito iam achar que eu era uma pervertida, e então, para tentar me distrair desse assunto, molhei a cabeça com o chuveirinho e massageei com xampu até fazer espuma.

Inclusive, no dia fatídico em que ele terminou comigo, eu tinha passado o dia todo preocupada com os poucos pelos que cresciam no meu braço. Ai, não, esqueci de depilar, com essa blusa de manga curta não dá pra esconder, será que ele vai perceber, será que tudo bem? Eu estava tentando checar discretamente minhas mãos, porque não lembrava se tinha depilado os dedos, quando meu namorado murmurou alguma coisa do outro lado da mesa. Mas ele falou pra dentro, e eu, ainda preocupada com os pelos, não escutei direito e perguntei "quê?". Aí do nada ele começou a pedir desculpas.

No trem de volta para casa, agarrada nas alças que pendem da barra no trem, eu não conseguia tirar os olhos do anúncio de depilação à minha frente, no qual nunca tinha prestado muita atenção. Uma moça bonita sorria, com longas pernas sedosas estendidas para fora dos shorts. Elas reluziam, brancas e lisas. Pensando agora, pareciam cobras albinas.

Fiquei olhando esse anúncio e pensando que devia ser por isso, o problema devia ser que eu não me depilava, que meus braços e minhas pernas não eram lisinhos, várias partes de mim não eram lisinhas, e eu vivia assim tranquilamente, feito uma idiota. Por isso ele tinha me dado um fora. Ele disse que estava saindo com outra... Será que não comparava sempre o estado dos meus pelos com os dela e, no fim, foi isso que pesou na balança? Essas ideias foram ocupando minha mente. Ah, como eu queria me livrar de vez dos pelos, não ter que pensar mais num desgraçado de um pelo pro resto da vida. Foi o que desejei com força naquela hora. No meio daquela depressão total, fiquei sonhando com a depilação total.

Então eu não posso querer me ver livre, tia? Já deu, não quero mais pelos. Não aguento mais. Cansei de viver a vida me preocupando com eles o tempo todo. Eu tinha me convencido de que era só eu me cuidar, ficar lisinha, que ia encontrar um novo amor. Um sentimento tão meigo e positivo, por que você fez questão de vir jogar água fria? Que saco!

Esperando o tempo de ação do condicionador, acariciei meus braços, sedosos graças à sessão gratuita experimental de laser daquele dia. Olha só como fica bom, macio! Enquanto os acariciava, lágrimas começaram a escorrer silenciosamente pelo meu rosto. Me apressei em molhar a cabeça com o chuveiro para escondê-las sob o jorro de água quente.

Ela tinha razão. E daí se eu ficasse toda lisa e sedosa? Não ia mudar porcaria nenhuma. Que idiota! Idiota. Idiota. Aquele folgado, egoísta, com aquele lero-lero de "meus sentimentos pela outra mulher ficaram mais fortes". Como é que você mediu, posso saber? E, pra completar, fui lá e respondi "ah, sei, essas coisas acontecem". Por quê?! Brigasse direito com ele! Pensando bem, tudo aquilo era absurdo, e eu tentando ser paciente, aturando tudo, pra quê? Será que eu tinha sofrido uma lavagem cerebral? Não pelo meu ex, mas por alguma outra coisa maior.

Fui reencontrando as memórias de tudo o que já tinha aturado na vida, memórias guardadas em pequenas caixas, abrindo uma a uma, e elas foram se unindo em uma massa escura de aflição, que crescia. *Lá vou eu*, me disse a matéria escura. Continuei destampando as caixinhas. Uma atrás da outra. Ainda tem mais. E mais. E mais. Tateei em busca de todas, não podia sobrar nenhuma. Tem mais aqui. E ali também. *Lá vou eu. Lá vou eu. Lá vou eu*, repetia a voz. Espera, falta pouco, só mais um pouco e eu acho todas. Senti o interior do meu corpo se tingir inteiro de preto, uma escuridão agitada, clamando de raiva, de tristeza, de frustração, de vazio, de ridículo. Faltam só três, não, quatro, três, duas, pronto! Essa é a última. Escancarei a última caixa. A voz da massa escura, já pressionando o avesso da minha pele, anunciou *lá vou eu, é agora*, como se me desse um empurrão nas costas. E então me ultrapassou e saltou para fora.

    Minha mão, que estava pousada sobre a coxa, sentiu algo diferente, e eu entreabri os olhos. Não entendi por que minhas pernas estavam pretas. O espelho à minha frente, disposto na altura de quem se senta no banquinho para usar o chuveiro, estava embaçado pelo vapor, mas reparei que meu reflexo por trás do vapor era estranhamente escuro. Sem pensar, toquei meu rosto, e meus dedos encontraram a mesma sensação que tenho ao tocar meus cabelos. Não sei como, mas meu corpo todo, da cabeça aos pés, estava coberto por pelos. Longos pelos brilhantes, lisos, bem pretos. Sem nenhuma ponta dupla nem fios quebrados. As ondas da permanente que eu fizera poucos dias antes haviam desaparecido.

    Quando dei por mim, eu tinha erguido os braços e admirava, encantada, meus próprios pelos. Fiquei orgulhosa ao pensar que dentro do meu corpo habitavam pelos tão fortes, pretos, possantes. *Eu sou incrível*.

    Me sentindo observada, olhei ao redor e percebi que todas as mulheres da sala de banho olhavam em minha direção, atônitas. Aos seus olhos, eu devia ser algo definitivamente chocante que surgira de súbito no meio daquele espaço.

Essa não. Pulei de pé, lançando longe o banquinho, corri para fora da sala de banho, agarrei minha bolsa no armário do vestiário fingindo que estava tudo sob controle, ao som dos gritos das mulheres que se trocavam, e saí do banho público sem dizer nada. Então, disparei correndo o mais rápido possível pela silenciosa rua do comércio, com as portas de aço todas fechadas. O vento noturno e o ritmo da minha corrida agiam como um secador natural sobre os pelos de todo o meu corpo. Era gostoso.

Cheguei em casa e examinei minha nova imagem no espelho de corpo inteiro da Muji, que comprara ao ir morar sozinha. Ele refletia uma criatura misteriosa, sedosa, que não era nem urso nem macaco. Os pelos ainda estavam um pouco úmidos. Cresciam por todo o meu corpo e tinham mais ou menos a metade do comprimento do cabelo da Sadako. Pensando bem, a Sadako também era incrível. Só sair de um poço já seria impressionante, mas aquilo que ela fazia, de se arrastar pra fora da televisão, era uma técnica e tanto. As fantasmas de Okiku e Oiwa também, todas elas eram fenomenais. Isso de aparecer como assombração requer uma força de vontade enorme.

Então, percebi uma coisa terrível: apenas nos dois antebraços onde eu fizera a depilação a laser, os pelos estavam visivelmente mais ralos e menos vigorosos do que nos outros lugares. A força, o brilho, a elasticidade, a aparência, tudo neles era pior. Meus antebraços destoavam do resto do corpo. Ah, que horror, o que é que eu fui fazer? Precisava tomar alguma providência. Em seguida, outra coisa me afligiu: ok, eu tinha me transformado, mas e agora?

...

Desde aquele dia, tenho seguido uma rotina para fortalecer meus pelos. Faço questão de consumir fígado e algas marinhas. Soube que soja e ovos são bons, também. Passo óleo de cavalo com cuidado nos pelos do antebraço, chateada, pensando *desculpa, desculpa, desculpa*. E não deixo de passar no resto do corpo também, é claro. Agora já consegui me entender com a massa preta que me habita e sou capaz de fazer os pelos crescerem e se retraírem à vontade, então eles não atrapalham minha vida social. Decidi que, assim como meus colegas de trabalho dedicam suas horas livres a coisas como estudar para alguma qualificação ou se aperfeiçoar em um hobby, eu vou me dedicar a cultivar a força dos meus pelos.

Todos os dias, antes de dormir, me metamorfoseio e avalio como eles estão. Escovo todos muito bem, com uma escova da melhor qualidade, feita de pelos de porco. Não sei se é graças ao óleo de cavalo, mas falta pouco para os pelos do antebraço recuperarem o vigor. Fico pensando o que vou fazer quando isso acontecer, mas ainda não tive nenhuma ideia.

Até descobrir o que sou capaz de fazer com esses pelos, até entender que habilidade é essa que possuo, pretendo continuar refletindo e cuidando bem deles. Assim, quando surgir a oportunidade de exibir meus talentos, vou poder agir sem hesitar, como Kiyohime. Ela é toda lisinha e eu sou toda peluda, mas tenho certeza que nós duas queremos a mesma coisa. Queremos a habilidade e o poder necessários para, na hora H, enfrentar o que quer que seja. Não me incomodo de não saber o que eu sou. Posso ser uma criatura misteriosa e sem nome, tudo bem.

Mais um dia se passou sem que minha tia aparecesse de novo. Pelo jeito, ela ainda não aperfeiçoou completamente sua técnica. Conhecendo a figura, aposto que vai inventar alguma coisa inacreditável. Venha logo, tia, me assombrar.

Todos os dias, enquanto me cuido, fico imaginando nós duas dançando de quimono.

LANTERNAS
FLORIDAS

– Ó DE CASA, com sua licença!

Shinzaburō já tinha ignorado três toques da campainha quando ouviu uma voz feminina chamando. Sentado no sofá, ele levou um susto e conteve a respiração. Sentia o corpo pesar e tinha preguiça de se mexer. A esposa, com quem sempre podia contar nessas horas, estava visitando os pais durante o feriado de Obon. Além do mais, já eram dez da noite. Quem quer que estivesse à porta, certamente não tinha bom senso. Shinzaburō não gostava de pessoas sem bom senso. Fora criado de forma muito sensata desde pequeno, e depois de adulto trabalhara como um homem sensato no setor de vendas e negociações de uma empresa. Mesmo ao ser demitido devido à crise, mantivera a sensatez e deixara seu posto sem alarde.

Já haviam se passado mais de seis meses desde então. Sua esposa estava começando a sugerir delicadamente que era hora de arranjar um novo emprego, e ele mesmo sabia disso, mas não tinha forças para procurar um. Seu corpo e seu espírito pesavam como chumbo. As vagas que ele via on-line sempre davam a impressão de estarem zombando da cara dele, e a ideia de ir até uma agência de empregos lhe parecia um vexame. Será que ele era o tipo de homem que não consegue arrumar trabalho sem ajuda de uma agência? Era um pensamento deprimente e frustrante para alguém como Shinzaburō, que sempre acreditara ser tão competente. Que sempre vivera de forma tão sensata, exemplar, sem incomodar ninguém...

Enquanto sua esposa estava no trabalho, Shinzaburō fazia um mínimo de tarefas domésticas, para constar. Sentia que estava se transformando num grande bicho-preguiça cinzento, sentimento reforçado pelo conjunto de moletom cinza surrado que usava praticamente todos os dias. Quando entardecia, largava o corpo no sofá e ficava assistindo a reprises de filmes de época e pensando bobagens – por exemplo, que no período Edo alguém como ele seria chamado de *rōnin*.

– Ó de casa, com sua licença!

A voz soou novamente. Era óbvio que tinha gente em casa, pela luz que escapava das cortinas da sala. Shinzaburō se levantou do sofá resmungando *"ai, que saco"*, tentou se aproximar devagarinho da porta e espiar pelo olho mágico sem que ninguém percebesse, mesmo sabendo, por anos de prática, que era impossível.

Havia duas mulheres paradas em frente ao portão que levava à entrada apertada e escura da casa. Ambas vestiam terninhos pretos, camisas brancas, meias-calças e sapatos de salto, tudo idêntico. Uma devia ter entre 40 e 50 anos, a outra por volta de 35. Enquanto a mais velha fuzilava o olho mágico com um olhar tão fixo que chegava a dar medo, a mais nova fitava o chão numa pose modesta. Era uma dupla esquisita. Um alarme soou na cabeça de Shinzaburō. Não há no mundo quem deseje se meter em aborrecimentos, e ele, naquele momento, dispunha de particularmente pouca energia para gastar com qualquer complicação.

A mulher mais velha pareceu notar a presença de Shinzaburō do outro lado da porta e chamou mais uma vez:

– Ó de casa!

Pela voz, fora ela quem chamara das outras vezes, também. Ao seu lado, a mais jovem continuou completamente imóvel, de cabeça baixa. Porém, pelo pouco que conseguia ver do perfil pelo olho-mágico, Shinzaburō percebeu que ela também estava consciente de sua presença. Era uma postura comum às mulheres tímidas. Ele se orgulhava dos poderes de observação que cultivara durante os anos de trabalho na área de vendas.

Shinzaburō respondeu, hesitante:

— Sim, pois não?

O rosto da mulher mais velha desabrochou num sorriso falso.

— Boa noite, senhor! Nós trabalhamos com comércio a domicílio e pedimos licença para incomodá-lo por um breve momento. Imagino que o senhor seja muito ocupado, mas peço que nos ceda apenas um minuto de seu tempo.

Shinzaburō foi tomado por uma onda de exaustão. Ficou com raiva daquelas mulheres que o forçaram a sair do sofá onde estivera relaxando e a caminhar até a porta. Eu estou cansado, entendem? Já faz seis meses que estou cansado.

— Ah, não tenho interesse. Ainda mais neste horário — Shinzaburō respondeu sem rodeios, querendo que elas sumissem dali de uma vez. No mesmo instante, a mulher mais jovem, que tinha os olhos presos ao chão, ergueu o rosto em direção ao olho mágico e disse, num fio de voz frouxa:

— Mas que homem bruto! *Abra. Essa. Porta.*

Shinzaburō pensou que, se um salgueiro pudesse falar, provavelmente teria uma voz como a dela.

...

Ele estava pensando nisso e, quando deu por si e se viu sentado na sala de casa, encarando as duas mulheres por cima da mesa de centro. Para completar, elas é que estavam sentadas no sofá macio, enquanto ele usava uma das cadeiras de estilo escandinavo compradas on-line, que devia ter trazido da cozinha sabe-se lá quando. Sob as suas nádegas havia uma almofada com aquela estampa da Marimekko que sua esposa adorava. Shinzaburō nunca entendeu direito essa estampa... Mas não, peraí, não era hora de pensar nisso.

Ele não conseguia compreender como haviam chegado naquela situação. Diante dele, as duas mulheres se sentavam com os joelhos bem unidos, brilhando prateados sob as meias-calças. Com ar meigo, estenderam em sua direção cartões de visita do mesmo tom branco-azulado do rosto.

– Muito prazer.

Um pouco atrapalhado por receber dois cartões ao mesmo tempo, Shinzaburō checou os nomes e viu que a mais velha se chamava Yoneko Mochizuki, e a mais nova, Tsuyuko Iijima.

Além de tudo, havia três copinhos de chá sobre a mesa, dos quais saía até vapor. Quando é que ele tinha feito chá? Não era possível que elas mesmas tivessem ido até a cozinha fazer? E o doce *yokan* que eles vinham guardando para alguma ocasião especial também estava servido, já cortado em fatias! Shinzaburō refletia sobre tudo isso, desorientado, quando Yoneko falou:

– Tomamos a liberdade de consultar a placa com seu nome diante da casa, creio que o senhor se chama Hagiwara, correto? Sim? Oh, que bom. Muito bem, senhor Hagiwara, se me permite a pergunta, qual seria o seu primeiro nome, por gentileza?

– É Shinzaburō – respondeu ele, apesar de ter ficado irritado com a pergunta intrusiva. Sua boca parecia se mover por vontade própria.

– Senhor Shinzaburō... – repetiu Tsuyuko, melosa. Ele levou um susto ao ouvi-la usar seu primeiro nome, com informalidade demais para alguém que acabara de conhecer. – É um grande prazer conhecê-lo, senhor Shinzaburō.

Ele desviou o olhar da mulher que o fitava fazendo charme, com ostensiva intimidade. Talvez ela pensasse que podia se comportar dessa maneira por ser bonita? De fato, com seu cabelo lustroso cor de nanquim, a pele alvíssima e o olhar sempre oblíquo, Tsuyuko era uma mulher bonita. Mas, ainda que fosse bela, ao olhar para ela o primeiro adjetivo que lhe vinha à mente era "desventurada".

Sem esperar que Shinzaburō oferecesse, ela tomou um gole de chá, deixando uma marca espessa de batom vermelho na borda do copo. Shinzaburō soube por instinto que aquela era uma pessoa que não fazia bem seu trabalho. Muito provavelmente também poderia dizer o mesmo sobre a outra mulher à sua frente.

– Bem, se me permite, gostaria de entrar logo no assunto – disse Yoneko, espichando a cabeça já meio grisalha para a frente, como uma tartaruga. Shinzaburō concordou contrariado, torcendo para elas apresentarem de uma vez o que tinham para vender e darem logo o fora.

Ela fez uma expressão ainda mais dramática do que a que já tinha antes e começou a falar:

– Tsuyuko, esta jovem que me acompanha, viveu infortúnios imensuráveis. Tanto é que, apesar de sua excelente procedência, atualmente é obrigada a passar seus longos dias assim, trabalhando como vendedora a domicílio. Tudo isso aconteceu depois que sua adorada mãe faleceu, deixando-a só, pobrezinha. Seu pai não era má pessoa, porém era um pouco fraco, e não demorou para que estabelecesse relações de demasiada intimidade com uma criada. Infelizmente, parece-me que certa fraqueza é bastante comum entre os homens. E essa criada... estou ciente que nos dias de hoje é gravíssimo divulgar informações pessoais, mas sinto-me obrigada a informá-lo que ela se chama Kuniko, pois faço questão que o senhor saiba, senhor Hagiwara. Imploro que tenha muita cautela com mulheres de nome Kuniko. Enfim, o fato é que esta Kuniko tanto tramou que conseguiu se estabelecer como segunda esposa, bem como desejava. E não se satisfez com isso! Uma vez estabelecida nesse posto, passou a sussurrar no ouvido do pai de Tsuyuko, dia e noite, boatos infundados sobre esta jovem, com o propósito de garantir para si todos os bens da família. Conforme mencionei há pouco, o pai dela era um homem de espírito fraco... O senhor sabe como é, com homens dessa natureza não tem jeito. Ele acabou acreditando em tudo e tratando Tsuyuko com cada vez mais frieza. A pobrezinha não pôde suportar tal tratamento e abandonou sua casa antes mesmo de terminar o ensino médio. Desde então, teve que enfrentar tantas agruras que sua vida não poderia ser narrada sem lágrimas! Primeiro...

– Hã? Do que você está falando? O que eu tenho a ver com tudo isso?

Shinzaburō, que estava atônito desde que Yoneko desembestara a falar na velocidade de um contador de histórias *rakugo*, finalmente conseguiu interromper. Yoneko fez uma expressão de desagrado, como se jamais esperasse ser cortada daquela maneira, depois continuou com frieza:

– O senhor não tem a ver com essa história, mas o mero fato de termos nos encontrado desta forma já criou um laço entre nós. A própria Tsuyuko me confidenciou que gostaria que o senhor soubesse de tudo o que ela precisou enfrentar. Não foi?

Tsuyuko, que sacara um lenço sabe Deus de onde e agora secava o canto dos olhos, concordou enfaticamente.

– Como assim, "laço"!? Vocês é que apareceram aqui e foram entrando à força! É um comportamento estranhíssimo. Onde já se viu alguém bater à porta para vender um produto e de repente sair narrando a própria vida?

Shinzaburō tentou explicar a questão sensatamente àquelas duas mulheres insensatas.

– Mas qual o problema?

As duas o encararam como quem realmente não compreende o que poderia haver de errado com aquela situação.
— Como assim, qual o problema? Eu também costumava trabalhar com vendas, sei do que estou falando. Jamais me comportaria assim se me fosse dada a oportunidade de visitar um cliente em sua casa!
— Oh, o senhor trabalhava na mesma área que nós, senhor Hagiwara? Isso me faz crer ainda mais no laço que nos une. Não é mesmo, Tsuyuko?
— Sim, Yoneko.
As duas se olharam sorrindo enquanto Shinzaburō observava, apreensivo.
— Entretanto, senhor Hagiwara, se diz que costumava trabalhar com isso, suponho que atualmente não o faça mais, certo? Que mal lhe pergunte, poderia nos dizer o motivo? Seria por conta de um desses "cortes de pessoal" que andam tão em voga hoje em dia? — perguntou Yoneko, sem rodeios, inclinando a cabeça para o lado com ar de interesse.
A mulher realmente não tinha talento para essa profissão. Mais do que isso, ela nem sequer parecia ter feito qualquer treinamento na vida. Shinzaburō ficou tão perplexo que respondeu sem querer:
— É, sim, fui demitido num corte de pessoal.
Enquanto falava, baixou naturalmente o rosto e percebeu como a postura de todo o seu corpo se transformara. Era a primeira vez que contava sobre isso para alguém além de sua esposa.
— Oh, pobrezinho, senhor Shinzaburō! — exclamou Tsuyuko, a voz uma oitava mais aguda.
E, talvez num esforço de demonstrar grande compaixão, deixou brotar um sorriso nos lábios, depois inclinou o corpo esguio sobre a mesa e pousou de leve os dedos finos sobre o braço de Shinzaburō. Assustado com o toque gelado de sua mão, Shinzaburō rapidamente retraiu os braços e

os cruzou sobre o peito. Tsuyuko simulou uma expressão magoada e o encarou com doçura ainda mais dramática do que antes. Mais uma vez, ele desviou o olhar.

— Ora, Tsuyuko, você é demasiado gentil. O senhor Hagiwara, por outro lado... Como é possível que as circunstâncias trágicas de uma moça tão delicada não lhe causem compaixão?

— Olha, mesmo que eu tenha pena dela, uma coisa não tem a ver com a outra. E também, eu ouvi só o começo, mas não é uma história incomum, é? Ninguém vive a vida sem enfrentar algumas adversidades.

Ao ouvir isso, as duas mulheres arregalaram os olhos e encenaram uma surpresa exagerada. Yoneko modulou a voz para demonstrar sua profunda estupefação:

— Oh, vivemos tempos realmente terríveis. Antigamente, qualquer um seria tomado pela piedade ao ver a beleza de Tsuyuko e ouvir as agruras pelas quais ela passou. Seria capaz até mesmo de se suicidar junto com ela. Não é, Tsuyuko?

Tsuyuko voltou a pressionar o lenço contra os cantos dos olhos e assentiu, com ainda mais ênfase, antes de se desfazer num pranto abundante. Com certeza estava fingindo. Shinzaburō estava ficando cada vez mais bravo com a audácia daquelas duas.

— Além do mais, vocês nem disseram nada sobre a minha demissão, que é muito pior! Se for para ficar cobrando compaixão, eu também mereço a minha cota.

Essas palavras irritadas de Shinzaburō agiram como água fria sobre Tsuyuko e Yoneko. Toda a expressão desapareceu do rosto delas, numa mudança tão súbita que ele recuou num susto. Yoneko respondeu com a voz terrivelmente calma:

— Isso é porque os homens são mais fortes. Mais afortunados. Sempre dão um jeito, não é? A sua situação não nos preocupa nem por um instante, senhor Hagiwara. O que nos aflige são as circunstâncias de Tsuyuko, pois ela é indefesa. Como uma mulher sozinha como ela poderá sobreviver? Quanto a mim, estou bem, não é preciso se preocupar. Peço apenas que se atente ao destino de Tsuyuko, senhor Hagiwara. Não chegarei ao extremo de dizer que deveria se suicidar com ela, até porque não gostaríamos de causar nenhum ônus ao senhor. Mas, quiçá como substituto para uma ação dessas, gostaríamos que o senhor adquirisse estes nossos produtos.

Shinzaburō não sabia quando elas tinham se preparado para essa demonstração, mas imediatamente, num *timing* quase perfeito demais, Tsuyuko depositou com alarde algo sobre a mesa. O objeto que brotara ali era uma espécie de lanterna de papel, cujo nome Shinzaburō não conseguia lembrar.

– Este tipo de lanterna se chama *tōrō*, senhor Hagiwara – respondeu Yoneko, sorrindo, como se lesse sua mente. Que medo. – Atualmente elas gozam de popularidade surpreendente, pois são mais elegantes do que alternativas como as lanternas elétricas de bolso. Nossos clientes também têm apreciado muito o fato de que é possível combiná-las com os *yukatas* usados em festivais de verão e no período do Obon, em que estamos agora, ou pendurá-las diante da casa. Esta estampa de delicadas peônias feitas de tecido *chirimen* faz muito sucesso entre as mulheres, em particular. Acredito que o senhor seja casado, não é mesmo, senhor Hagiwara? – perguntou Yoneko.

– Oh, senhor Shinzaburō! Como pôde, quando já tem a mim? – Tsuyuko soltou um lamento teatral.

– Pobre Tsuyuko, o destino é tão cruel com você! Ela tem muito azar com os homens, eu morro de preocupação... Hã, bem, já falei até a parte de que é popular com as mulheres, não foi? Então, tenho certeza de que a senhora sua esposa ficará muito alegre. Sempre ouvimos falar sobre o hábito dos cavalheiros do Ocidente de surpreender as mulheres presenteando-as com flores, enquanto os cavalheiros japoneses não costumam dar atenção a esse tipo de coisa. Não estou dizendo que seja o seu caso, senhor Hagiwara. Porém, como alguém que está temporariamente desempregado, causando desassossego à sua esposa, oferecer vez ou outra um agrado, um produto apreciado pelas senhoras, é uma forma de amenizar a situação. Eu diria que não é má ideia.

– Oh, senhor Shinzaburō, como meu coração sofreria ao vê-lo presentear outra mulher...

– Ora, Tsuyuko, não se exalte. Sem dúvida o senhor Hagiwara vai comprar duas lanternas e dar uma a você também.

Como era possível aquelas duas se comportarem desse jeito enquanto tentavam vender um produto? Shinzaburō interrompeu a conversa, inconformado com a maneira como elas seguiam adiante ignorando sua presença.

– Escuta, eu sinto muito, mas não quero nenhuma lanterna. Inclusive é o contrário, se eu comprar um negócio desses sendo que estou desempregado, minha esposa vai ficar é brava.

Depois de uma breve pausa, Tsuyuko falou com a voz pegajosa como uma cobra:

– O senhor me melindra, senhor Shinzaburō.

– Como é?

– Assim eu fico chateada! – respondeu Tsuyuko, com uma expressão da mais profunda infelicidade.

Yoneko interviu:

– Bem, Tsuyuko, seria crueldade nossa forçar o senhor Hagiwara a tomar uma decisão assim tão rapidamente. Antes de pedir que ele se decida, gostaria de fazer uma demonstração desta lanterna em uso, pois é um produto do qual nossa empresa muito se orgulha. Tenho certeza de que ele irá apreciar sua qualidade. Com licença, senhor Hagiwara, onde fica o interruptor desta sala?

Shinzaburō apenas voltou o olhar na direção do interruptor e, como se obedecesse a uma ordem, a luz do cômodo se apagou de imediato. Antes que ele pudesse se espantar com isso, a lanterna se acendeu em meio à escuridão.

O rosto das duas mulheres flutuava do outro lado da lâmpada. Shinzaburō lembrou que, quando era criança, ele e os amigos brincavam de iluminar a cara assim, com lanternas elétricas, para assustar uns aos outros. Ele já estava se habituando de tal forma àquela série de acontecimentos insensatos que teve tempo até para memórias de infância... A lanterna emitia uma luz suave por entre a estampa de peônias, criando um mundo paralelo no meio da sua conhecida sala de estar. Com as pernas escondidas na escuridão abaixo da mesa, as mulheres pareciam flutuar no espaço com apenas a metade superior do corpo.

– Parecem fantasmas... Ah, digo! Não parecem ser deste mundo – deixou escapar Shinzaburō, antes de conseguir se conter.

– Nós? – perguntou Yoneko, parecendo quase lisonjeada.

– O que o senhor faria, senhor Shinzaburō, se nós não fôssemos deste mundo? – perguntou Tsuyuko, lançando para ele um olhar por baixo dos cílios, os lábios reluzentes de gloss ou saliva. Antes que ele pudesse responder, as duas deram uma risadinha.

A luz da sala se acendeu novamente.

– Bem, agora o senhor pôde ver como é bela a lanterna acesa. Não é um produto excelente?

Tsuyuko e Yoneko sorriam satisfeitas.

– Aham, mas eu não quero nenhuma – respondeu Shinzaburō.

As duas se entreolharam e trocaram um aceno de cabeça. Quando voltaram a encará-lo, suas expressões tinham se transformado.

– Se você não comprar, eu morro – declarou Tsuyuko.

— Veja, senhor Hagiwara! Tsuyuko chega a afirmar que morrerá! O senhor não se importa?

— Eu não sairei daqui até o senhor Shinzaburō comprar uma lanterna, nem que meu pai me mate por isso! – choramingou Tsuyuko, como uma criança fazendo birra.

— Ora, se a senhora sua esposa voltar e encontrar Tsuyuko aqui, vai ficar enciumada, não é mesmo? No entanto, bastaria o senhor comprar os produtos para nos retirarmos num instante... – insistiu Yoneko, com a voz grave.

As duas deram uma olhadela para checar a reação de Shinzaburō.

— Eu já disse que não vou comprar! – ele respondeu incisivamente. Estava recuperando o equilíbrio conforme as duas ficavam cada vez mais alteradas.

— Ouviu isso, Tsuyuko? Desista de uma vez deste homem sem sentimentos! – disse Yoneko.

— Não! Eu confio no senhor Shinzaburō! – afirmou Tsuyuko.

— Senhor Hagiwara, está ouvindo o que Tsuyuko diz? É de partir o coração!

Assistindo à farsa que se desenrolava à sua frente, Shinzaburō tinha começado a apreciar o trabalho em equipe das duas. Yoneko, em particular, era muito boa em complementar as jogadas. Tsuyuko não conseguiria colocá-lo em uma situação tão inconveniente assim se estivesse sozinha. Aquilo não deixava de ser estranhíssimo como método de vendas, mas ele tinha que reconhecer a potência da dupla. Sem dúvida estavam desesperadas, o rendimento delas devia andar baixo.

Shinzaburō até começou a achar que poderia comprar uma só lanterna para ajudar duas mulheres dispostas a se sacrificar de tal maneira, mas foi só imaginar a cara de sua esposa ao ver um objeto tão despropositado para esse sentimento desaparecer. Além do mais, nos últimos anos ela só se interessava por design escandinavo. Diante dele, Tsuyuko e Yoneko continuavam sua performance. Ele estava no inferno por não comprar a lanterna, e se comprasse, também estaria condenado.

Quando Shinzaburō se deu conta, estava rindo alto. Fazia muito tempo que não ria assim, com gosto. Então na hora do aperto as pessoas podiam lançar mão dos recursos mais absurdos, pensou ele, e tudo bem. Quer dizer, não estava tudo bem, mas ele devia ter feito o mesmo. Essa ideia fez seus olhos arderem e ele travou os dentes para não chorar.

As duas mulheres estranharam a atitude de Shinzaburō e interviram ao mesmo tempo:

– Não mudou de ideia, senhor Hagiwara?

– Não me fará esse obséquio, senhor Shinzaburō?

– É, não vou comprar, não. Mas... sei lá, obrigado por tudo – respondeu ele, revigorado. Assim que terminou de falar, teve a impressão de que Tsuyuko e Yoneko desapareciam em pleno ar, e no instante seguinte a luz do cômodo se apagou novamente, como uma vela soprada por uma brisa.

...

Shinzaburō acordou com o canto dos pardais. Ergueu a cabeça do chão e viu quatro lanternas caídas ao seu redor, como se tivessem sido derrubadas pelo vento. Não havia sinal das duas mulheres.

Ouviu o trinco da porta se abrindo e se preparou para mais um ataque, mas quem entrou foi sua esposa, anunciando "cheguei!" e carregando a mala nas mãos para as rodinhas não riscarem o chão. Ao dar com a sala em desordem e o marido largado no chão, ela fechou a cara e soltou uma exclamação indignada. Shinzaburō não pôde deixar de notar que algo em seus gestos e sua expressão o fazia lembrar de Tsuyuko e Yoneko. Por que todas as mulheres o olhavam daquele jeito?

– Ai, ai. Você ficou mesmo procurando trabalho? O que é essa bagunça toda, arranjou um desses projetos faça-você-mesmo? – murmurou ela, pegando uma das lanternas caídas no chão.

Shinzaburō pensou com tristeza na sua carteira, que sem dúvida estava algumas notas mais leve. Com sorte a situação não havia chegado a tanto, mas aquelas duas seriam perfeitamente capazes de pegar seu carimbo de assinatura e preencher um cheque. Senhoras, isso é quase uma extorsão, viu?

E quanto teriam custado as lanternas, afinal? Agora ele precisava de verdade voltar ao trabalho, não havia um momento a perder. No piso iluminado pelo sol que se infiltrava pelas cortinas, Shinzaburō tomou impulso e ergueu o corpo.

...

Depois daquele dia, Shinzaburō só tornou a ver Tsuyuko e Yoneko uma vez.

Ele havia voltado mais cedo do trabalho e estava preparando o jantar quando ouviu vozes femininas vindo da rua. Espiou por uma fresta na cortina e viu as duas confabulando com ar sério. Tinha se esquecido por completo delas, mas então lembrou que sua esposa, depois de arrancar dele uma confissão sobre o ocorrido, comprara um adesivo dizendo "Não aceitamos venda a domicílio" e o colara junto à porta da casa. Tudo isso acontecera justamente um ano antes. Depois da visita das duas mulheres, Shinzaburō não conseguiu encontrar os cartões de visita que ele estava certo de ter recebido, nem se lembrar do nome da empresa, que jurava ter lido.

– Oh, não, esta casa também tem um amuleto! Que horror.

– Desse jeito nós não podemos entrar... Que lástima!
– É um absurdo.
– Sem dúvida, um absurdo!

Vestidas da mesma forma que um ano antes, Tsuyuko e Yoneko conversavam em voz baixa. *Amuleto*. As duas continuavam sendo tão dramáticas... Shinzaburō se perguntou quem poderiam ser aquelas duas mulheres, e ao mesmo tempo ficou um pouco feliz de vê-las de novo. Até que elas voltaram o olhar para a janela e ele pulou para longe da cortina.

HINA-CHAN

EU LAVO o corpo de Hina-chan.

A pele dela é tão linda. Com a toalhinha especial de cânhamo, que comprei on-line para não maltratar sua cútis delicada, começo pelos pés e vou subindo, acompanhando os contornos do seu corpo deitado dentro da água. O tecido encharcado adere à sua pele macia. A luz das velas tremula, como se quisesse participar da nossa conversa.

Ergo a perna direita de Hina-chan, só um pouco. O movimento do meu braço agita de leve a água, que marulha baixinho. Quando minhas mãos se aproximam do fim da coxa, Hina-chan dá risada, envergonhada. Torce de leve as pernas para um lado, mas claro que ela está só brincando, já aceitou tudo. Imperturbável, continuo lavando cada centímetro dela. Este é um ritual precioso entre nós.

O perfume floral que entra pela janela no alto da parede fica mais forte de repente, talvez o vento tenha mudado. Hina-chan abre bem as narinas e aspira com vontade essa fragrância. Minhas mãos já chegaram ao seu umbigo.

— Que flor será essa, Shigemi?

— Hum, não sei... Nunca prestei atenção.

Puxo a corrente da tampa da banheira para trocar a água, que já ficou marrom, e brinco:

— Por que você não vai lá ver? Você entende dessas coisas.

— Ah, não! O bom é justamente imaginar o que a gente não consegue ver. Falando assim perde toda a graça —

reclama ela, fazendo bico. O ralo faz barulho conforme a água escoa.
— Bom, eu chutaria que são camélias.
— É... Tulipas não são, com certeza.
— Achava que você era mais refinada! – comento, espantada.
— Shigemi-chan, isso é um *estereótipo, viu?* – diz ela. Hina-chan gosta de usar com precisão as novas palavras que aprende. Ela é muito inteligente.

Enxáguo seu corpo com o chuveiro, revelando a pele alvíssima. O corpo reluzente de Hina-chan. Mesmo vendo-o todos os dias, sempre me comove. Tampo o ralo novamente, abro a torneira e a água quente começa a jorrar para encher a banheira.
— Ótimo! – exclama Hina-chan, satisfeita, correndo os olhos por seu corpo limpíssimo. Depois, sorri para mim:
— Agora, se a donzela me permitir a honra de massagear seus pés...

...

Quando estamos sentadas assim, frente a frente dentro do *ofurô* pequeno, o rosto de Hina-chan fica bem perto do meu. Meu coração se agita um pouco ao ver sua pele quase transparente de tão límpida. Ela é muito bonita.
— Coitadinha! Seus pés ficam tão inchados, trabalhando em pé o dia todo.

Hina-chan fala gentilezas enquanto massageia meus pés. Suas mãos mágicas curam num piscar de olhos todo o cansaço que se acumulou neles.
— A água está cheirosa!
— Ah, é um *bath milk* da Weleda.
— Um "béti milqui"...

Ela repete um pouco confusa, mas quase consigo ver as novas palavras sendo arquivadas no seu dicionário mental. Com certeza no dia seguinte já serão parte do seu vocabulário.

Antes de conhecer Hina-chan, eu raramente tomava banhos longos e tinha zero interesse por *bath milks* ou coisas do gênero. Levava a vida só arrastando meu cansaço de um dia para o outro, depois para o seguinte e o seguinte. Foi só depois de conhecê-la que aquele pequeno banheiro, com suas paredes de um bege tristonho, se tornou meu lugar favorito.

...

Minha namorada chega de noite.

Pode estar chovendo ou ventando – ela sempre aparece na minha casa com um sorriso radiante como o sol. Por mais cansada que eu esteja, ou desanimada com alguma coisa desagradável do trabalho, basta vê-la para eu ficar leve e bem-humorada. Hina-chan é meu sol, meu arco-íris, minha luz, tudo o que há de brilhante neste mundo. Tudo o que há de maravilhoso.

Nós tomamos banho juntas, comemos juntas o jantar e adormecemos juntas. Quando desperto de manhã, ela já se foi. Eu me levanto, corro as mãos pelo lençol onde Hina-chan esteve dormindo com seu rosto adorável de anjo, sinto a frieza do tecido, depois faço a cama esticando tudo com vontade, preparo meu café da manhã, como e saio para trabalhar.

Hina-chan se preocupa com minha saúde e quer que eu me cuide mesmo enquanto ela não está por perto, então passei a ter hábitos mais regrados. Até deixei de almoçar qualquer coisa comprada às pressas na loja de conveniência, *oniguiris* feitos por máquinas ou algum macarrão grudento. Agora, sempre que possível, levo marmitas de casa. Meus omeletes e peixes grelhados desajeitados, os floretes de brócolis cozido – em tudo isso está o amor de Hina-chan. Nós continuamos juntas durante o dia.

∴

— E aí, Shigemi-chan, você contou pro Yoshi sobre mim? – pergunta Hina-chan, enquanto pressiona com força os nós na sola do meu pé direito.

— Ah, eu não te falei? Aiaiaiaiai!!

Arqueio as costas e esperneio, mas Hina-chan segura firme minha panturrilha, com uma força que eu não sei como se esconde naqueles braços esguios, e me lança um sorriso desafiador, como quem diz "acha que vai resistir?". Ela poderia ser a massagista mais requisitada de qualquer salão.

Yoshi é meu vizinho de apartamento, um homem de uns trinta e tantos anos. Antes de eu conhecer Hina-chan, de vez em quando eu e ele íamos beber e conversar num bar perto da estação, para matar o tempo. Quando me separei do namorado com quem morava e mudei para este apartamento com o rabo entre as pernas, tive a impressão de que Yoshi era a versão oposta de mim. Eu estava cansada dos homens, ele estava cansado das mulheres.

No período em que vivi junto com meu namorado, fui ficando cada vez mais exausta. Nós nunca brigamos de verdade e ele não era má pessoa. Só que dividir aquele espaço apertado, dia e noite, com uma criatura de mente e corpo rígidos e ter que adaptar meu cotidiano a essa rigidez foi me deixando terrivelmente cansada. Morar com um homem parecia deixar meu corpo pesado, a ideia de pensar e agir por conta própria foi se tornando tão trabalhosa. Eu me via tentando prever a reação e opinião dele sobre tudo. Era como se pequenas pedrinhas fossem se acumulando dentro do meu corpo. Eu morava ali, mas tinha sempre a sensação de estar na casa dos outros.

Então me dei conta de que não queria viver com outra pessoa e me separei dele.

Por isso, quando conheci Hina-chan, me senti tão incrivelmente sortuda que tive vontade de parabenizar a mim mesma.

E estava assim, vivendo nas nuvens, encantada com ela, quando Yoshi me parou na frente das caixas de correspondência. Pelo jeito, ele tinha sacado que havia alguma novidade porque toda noite ouvia vozes animadas no meu apartamento. Então praticamente me arrastou para o bar perto da estação, e lá eu contei sobre como conheci Hina-chan.

Tudo começou quando fui pescar pela primeira vez na vida. Uma amiga dos tempos de faculdade me convidou, disse que era uma boa oportunidade, que eu devia tentar coisas novas e não sei mais o quê, e acabei indo com ela pescar no rio Tama. Ela me emprestou todo o equipamento.

Passei um tempo absurdamente longo encarando a superfície do rio e segurando a vara azul-marinho que ela me entregou. Estava me perguntando se tinha passado tempo o bastante para eu dizer que queria ir para casa, quando senti um puxão na linha. Girei o molinete – então era essa a famosa emoção da pescaria? – e vi algo branco enganchado no anzol.

Era Hina-chan. Quer dizer, o crânio dela.

Minha amiga imediatamente informou a polícia, que apareceu em instantes, recolheu os ossos, e vimos o local da nossa pescaria se transformar em uma cena do crime cercada de agentes.

Pelo que li depois na internet, a única conclusão a que eles chegaram foi que os ossos de Hina-chan eram muito antigos. Procuraram muito, mas não encontraram o resto do seu esqueleto. Deu para ver que não sabiam o que fazer com o crânio dela, pois não chegava a ser nenhuma relíquia cultural e também não havia evidências de que tivesse sido uma morte criminosa. No fim, largaram no depósito de algum órgão público que não entendi direito o que faz. Deve estar jogado num canto.

Mas o crânio no depósito não é a parte importante da história.

Depois que eu pesquei o osso e nós fomos interrogadas pela polícia, eu e minha amiga nos despedimos, meio rindo do rumo absurdo que aquela pescaria tomara, e voltei para casa. Ela estava chocada, ficou repetindo que em vinte anos pescando nunca tinha visto uma coisa daquelas. Assim que cheguei em casa, recebi uma mensagem dessa amiga falando que na semana seguinte iria pescar de novo, em outro lugar, e perguntando se eu queria ir também. Declarei imediatamente que não tinha interesse. Fisgar um osso humano na primeira pescaria da vida era bem mais do que sorte de principiante. Exausta com todo esse evento, caí na cama e dormi por umas duas ou três horas, sem nem trocar de roupa.

Acordei com alguém tocando de leve meu ombro.

– Olá... – arriscou uma vozinha.

Abri os olhos e me deparei com uma mulher de quimono, coberta de lama, me olhando sem jeito. Soltei um berro e a mulher enlameada abriu as mãos diante do meu rosto, em sinal de que não havia nada a temer.

– Vim agradecê-la pela gentileza que me fez hoje.

– Hã?

– Foi graças à sua grande generosidade que eu finalmente pude voltar a ver a luz do sol, depois de longos anos submersa nas águas do rio Tama. Eu não poderia deixar de expressar minha gratidão.

Essa mulher veio me agradecer por pescar seu crânio? Ou seja, essa criatura enlameada na minha frente é um fantasma?

Contive com muito esforço o impulso de berrar novamente. Em vez disso, balancei a mão em negativa e respondi:

– Ah, não esquenta com isso. Foi só uma coincidência.

– Por obséquio, eu lhe peço que ouça o que tenho a dizer. Foi há muito tempo, no período Edo...

– Edo?!

E assim a mulher saiu narrando a sua história, do nada. Bem daquele jeito que as pessoas costumam desembestar de repente em filmes de época ou novelas antigas.

– Sim, minha senhora, em Edo. Depois que uma epidemia levou ambos os meus pais, outros parentes tentaram me sujeitar a uma proposta de casamento que não me agradava. Por recusar a proposta, fui covardemente atacada por um lacaio desse pretendente e lançada, sem vida, para dentro do rio Tama. Desde então permaneci imersa, à mercê das correntes, sem que ninguém me encontrasse. Com o passar dos anos, o restante dos meus ossos foi sendo carregado para longe.

– Gente, como assim, que horror! Isso é muito absurdo!

Fiquei morta de pena daquela fantasma na minha frente. Que homem escroto! Quer dizer, mais do que isso, era um criminoso! E esses parentes também, onde já se viu tentar forçar uma pessoa a casar com alguém que você decidiu? Casamento é coisa séria, para a vida toda. Só inventam isso porque sabem que não são eles que vão pagar o pato.

– Hã, bem... – A mulher inclinou a cabeça com uma expressão desconcertada e retomou a narrativa. – Sendo assim, fiz questão de vir transmitir à senhora os meus mais sinceros agradecimentos por ter me salvado das profundezas. Permita-me a honra de ser sua dama de companhia.

– Dama de companhia?

Eu não entendi muito bem, mas o mais urgente era que ela não podia continuar naquele estado. O corpo da moça estava completamente coberto de lama, como o de um grande cachorro que tivesse brincado demais, então pedi que despisse o quimono estropiado e imundo para se banhar no *ofurô*. Estremeci de raiva ao ver o enorme rasgo que atravessava de cima a baixo as costas do quimono. Queria matar aquele samurai idiota! Que ele caísse morto agora mesmo! Que raiva me deu, pensar que o cretino já tinha morrido. Isso era o mais revoltante, saber que esses cafajestes todos já tinham passado, tranquilões, dessa para melhor.

— Como você se chama? — perguntei enquanto passava xampu no cabelo dela. A mulher estava sentada dentro da banheira, com a cabeça pendendo para a frente, envergonhadíssima. A lama tinha se entranhado nos fios e enrijecido, deu muito trabalho desembaraçar tudo. Samurai cretino. Se tiver reencarnado, que caia duro nesse instante!

— Meu nome é Hina.

— Hina-chan! Que nome fofo. O meu é Shigemi. Sempre comentam que é um nome antiquado.

— Senhora Shigemi.

— Pode me chamar de Shigemi-chan.

— Ah. Shigemi-chan...

Meu peito se enche de uma sensação agridoce quando lembro desse primeiro encontro com Hina-chan. Nós duas tímidas, sem saber nada uma sobre a outra, mas tentando pouco a pouco nos conhecer melhor... Só de pensar, fico comovida. Como é lindo o desabrochar do amor!

— Então quer dizer que você pescou um osso e apareceu um fantasma na sua casa, é isso? — soltou Yoshi, atordoado.

Bom, não dá para esperar que as pessoas acreditem nisso assim, sem mais nem menos. Mas eu, apaixonada por Hina-chan, não estava nem um pouco preocupada com o que Yoshi achava da minha história.

— Não é que apareceu um fantasma qualquer. Apareceu a Hina-chan, que é incrível, absurdamente sexy e brilhante — respondi, inflando o peito para mostrar que não ia aturar nenhuma zombaria, e tomei um grande gole da minha caneca de *chuhai*. Quando se trata de amor, deve-se falar com convicção. Quem não acreditar, que não acredite.

— Puxa, você tá namorando uma pessoa bem especial, hein.

Não sei se Yoshi estava bêbado ou se logo de cara não acreditou na minha história, mas ele acatou tudo prontamente, sem mais comentários ou perguntas.

– É, *muito* especial.

Senti o orgulho inundar meu peito. A Hina era demais, mesmo.

– Pô, eu também queria namorar um mulherão desses – disse Yoshi, prostrando o corpo sobre a mesa. Depois tirou os óculos e limpou o rosto com a toalhinha úmida oferecida pelo bar. Quando ele tirava os óculos, seu rosto ficava subitamente anônimo, como se todas as feições tivessem desaparecido. Nessas horas, eu sempre ficava com a sensação de ter visto algo que não deveria ver. Aquele era um rosto feito para usar óculos. Um dia Yoshi se lamentou comigo dizendo que, quando tirava os óculos na hora do sexo, às vezes as mulheres olhavam para ele com um ar desconfiado, tipo "quem é esse?". Era bastante compreensível. Mas bom, isso não vinha ao caso agora.

– Hihihi. Você devia ir pescar também, Yoshi! Apesar de eu achar que um encontro tão perfeito quanto o meu e da Hina-chan não deve se repetir tão fácil.

E assim termino de resumir minha conversa para Hina-chan, na banheira.

– Fiquei me gabando de você pra ele. Já pensou se o tonto tiver mesmo ido pescar?

Ela concorda com a cabeça, satisfeita, e começa a massagear meu pé esquerdo. Está cantarolando uma música em inglês que nem sei quando aprendeu. Quanto talento musical a pessoa tem que ter para cantar Beyoncé assim, sem nem reparar? Hina-chan destruiu todos os preconceitos e estereótipos que eu tinha sobre assombrações. Todos os dias ela me traz alguma nova surpresa.

– Hina-chan, a sua vida foi tipo *true crime*, né? Além de ficção científica, e horror, e fantasia... É demais.

– Hehehe. E a sua vida até agora parecia uma cenoura murcha, tão sem graça que dava sono.
– Hihihi.
– Hehehe.
Nosso riso ecoa pelo banheiro e nos envolve como um efeito em som estéreo.
– Pronto, acabou a massagem! – declara Hina-chan, batendo duas palmas. Nós nos olhamos e trocamos um sorriso.
Hina-chan está cheirosa, recém-saída do banho, vestida com um conjunto de moletom Adidas. Depois de eu torrar sua paciência insistindo para ela cuidar melhor da pele, agora ela passa espontaneamente um tônico e um hidratante no rosto. Eu acho graça na expressão compenetrada com que faz isso. Garantir a saúde da sua pele lustrosa é minha missão. Pelo menos, como no momento ela só é ativa durante a noite, não corre o risco de ficar com o rosto manchado por causa do sol.
– Desculpa, meu corpo dá tanto trabalho...
Não sei por quê, mas todo dia o estado de Hina-chan é reiniciado e de noite ela reaparece coberta de lama. Às vezes chega com os dois braços estirados diante do corpo, gemendo "vou te pegar...". É uma piadinha que aprendeu a fazer. Eu rolo de rir quando isso acontece e ela sorri, se achando.
O meu plano agora é ir no tal depósito da instituição misteriosa onde guardaram seu crânio, pegá-lo de volta e velar direitinho seus restos mortais. A Hina-chan disse que não precisa, que ela não liga, mas eu quero. Morro de pena de pensar nesse crânio largado lá, sozinho, num depósito escuro qualquer. Fico um pouco preocupada porque vai ver, se eu fizer todos os ritos funerais, ela pode atingir o nirvana e desaparecer. Mas, se isso acontecer, é só eu desenterrar seu crânio de novo. Pode ser que exumar um crânio assim dê azar ou castigo, mas eu não me importo. Ela mesma falou

que, se for o caso, é para eu fazer isso. Disse que não quer mais ficar enfiada na terra, que é um saco.

Hina-chan está deitada no sofá, com a cabeça apoiada nos meus joelhos, comendo salgadinhos sabor abacate sem tirar os olhos da televisão. Eu afago seu cabelo, macio e reluzente como fios de seda, e admiro maravilhada todo o seu corpo.

ZELOTIPIA

VOCÊ É DO TIPO CIUMENTA. Sofre da mais violenta zelotipia. Basta notar qualquer coisa suspeita nas palavras ou ações de seu marido para ser tomada pelo ciúme. E quando as chamas desse sentimento se espalham pelo seu corpo, ninguém pode contê-la.

    Uma vez enciumada, sua primeira atitude é arremessar coisas. Lança um objeto atrás do outro, para grande infortúnio do que quer que esteja ao seu alcance. Se estiver no quarto quando for acometida por ciúme, começa jogando os travesseiros. Primeiro o do seu marido. A sensação de agarrar o travesseiro e jogá-lo traz à sua mente lembranças intensas de uma viagem de final de ano da escola, quando vocês fizeram uma guerra de travesseiros com todas as colegas no quarto da hospedaria.

    Você arremessa as coisas. No quarto apertado, onde praticamente só cabe a cama de casal, ergue o braço, apertando na mão o travesseiro, e o atira. Ele acerta a bochecha do seu marido e tomba sobre o tapete. Seu marido não o pega para jogar de volta, como suas colegas de escola, então não tem graça nenhuma. Em seguida você joga seu próprio travesseiro. Ele bate no quadril do seu marido, que nem sequer tenta pegá-lo, e também cai tristonho no chão.

    Os dois travesseiros empilhados no tapete são um doloroso atestado de que os anos de diversão já ficaram para trás há décadas. Os travesseiros daquela hospedaria, densos, abarrotados de feijão-azuqui, tinham razoável força destrutiva ao acertar alguém. Você e suas colegas de classe trocavam bombas cobertas por fronhas cafonas de renda e florzinha, perdiam o fôlego de tanto rir, rolavam juntas pelos *futons* que cobriam todo o piso de tatame do quarto. Os cabelos entravam na boca, os moletons com o nome de cada uma estampado, ficavam todos desalinhados. Uma hora você levou uma travesseirada na cara que fez seu nariz sangrar, e tombou de costas. O sangue fresco tingiu a fronha de vermelho.

Hoje, os dois travesseiros inertes no chão nem parecem ser da mesma natureza que aqueles da sua juventude. São divinamente macios, recheados com a medida certa de plumas da melhor qualidade. Foram presentes de casamento, bordados com as suas iniciais e as do seu marido, em vermelho e azul. Quando arremessados, plainam com tal leveza que parecem prestes a criar asas e alçar voo aos céus. Ou seja: não dá gosto nenhum jogar.

Travesseiros idiotas. Sempre que é tomada pelo ciúme, você fica com raiva deles e pensa que no dia seguinte vai comprar um bem denso, especificamente para servir de projétil, mas quando o ciúme arrefece, acaba esquecendo.

Frustrada com a potência dos travesseiros, você chuta os pés adiante e, um de cada vez, lança os chinelos em direção ao seu marido, como mísseis. Eles produzem um efeito razoável, porque são meio pontudos. Um acerta a canela dele, que solta um discreto *ai*.

Que mané *ai*! Essa pequena interjeição atiça ainda mais as chamas enlouquecidas do seu ciúme. O fogo que incendeia seu peito está muito acima de um pequeno *ai*.

Então você arremessa o livro de bolso que estava na sua mesa de cabeceira, um livro miserável de tão fino. O impacto que causa no seu marido é praticamente nulo. Serve apenas como um sinal, informando a ele que você ainda é uma residente do mundo dos ciúmes. Seria uma boa ideia deixar a postos pelo menos um volume de enciclopédia, bem grosso. Ou quem sabe dois. Já pensou, arremessar um com cada mão?

Você ergue o braço e, com toda a força, e purra para o chão os porta-retratos enfileirados sobre a cômoda. As molduras prateadas que exibem momentos históricos da sua relação – os dois na festa de casamento, abraçando um coala na lua de mel – se chocam e deslizam por cima da cômoda até caírem no chão. Teriam feito um barulho mais dramático se caíssem no assoalho do que no tapete, mas pelo menos os apoios de plástico se partiram e cacos voaram longe, então não foi de todo mal. Olha só, o temor no rosto do seu marido, ao ver os cacos.

Você corre os olhos pelo aposento numa velocidade impressionante, buscando a próxima presa, mas no quarto de dormir não há muito para jogar. Normalmente, você gosta de tudo bem organizado, não gosta de quartos cheios de tralha. Além disso, um dia você leu numa revista uma matéria sobre como criar ambientes que deixam os homens no clima, e ela recomendava não ter muitos objetos espalhados para não criar distrações. Desde então, você faz ainda mais questão de manter tudo arrumado.

Sendo assim, você é obrigada a pular e se agarrar na grossa cortina de tecido refinado, um luxo que se permitiu comprar. Com um grito de guerra, você usa toda a força do corpo e a arranca pouco a pouco do varão. É uma cortina *blecaute* reforçada e à prova de fogo, capaz de resistir até mesmo às chamas do seu ciúme. Quando ela finalmente se solta e vem ao chão – *blam!* –, você se pendura no outro painel e faz o mesmo com ele.

No final, se vê parada, em pé, sobre um mar de cortinas. Seu marido, atordoado, observa do canto do cômodo essa pose de Moisés. Quando seus olhos se encontram, ele desvia o olhar. A força dos seus ciúmes ainda não esmoreceu nem um pouco, a verdade é que nada disso bastou, mas não há mais o que fazer, então você desanda em prantos ali mesmo, em meio ao mar de tecido. Chora copiosamente, rogando maldições. Quando os objetos não são suficientes, o jeito é pôr os sentimentos para fora. O quarto de dormir não é dos melhores lugares para ser assaltado pelo zelo possessivo.

...

Sem dúvida alguma, o lugar ideal para sofrer de ciúmes é a cozinha. Quando você tem a sorte de ser acometida por esse sentimento nessa parte da casa, seu entusiasmo é palpável.

Você começa arremessando a louça comprada na loja de 100 ienes. Pires brancos com desenhos horrorosos de peixes azul-marinho. Tigelas de *lámen* do tipo que todo mundo já usou uma vez na vida, com um dragão rodopiando no fundo. Pratos ilustrados com berinjelas ou tomates. Uma caneca sem absolutamente nenhuma personalidade exceto ser amarela. Uma garrafinha de saquê gorducha, gostosa de segurar. Toda vez que você passa numa loja de 100 ienes, compra uma pilha de louças. Já sabe que estão destinadas à destruição, então só vai jogando todas na cesta sem nem olhar direito. É importante estar sempre preparada.

Você arremessa coisas sem parar. Estraçalha objetos aos murros. Os cacos de louça bailam ao seu redor. De vez em quando acontece de algo abrir um cortezinho em suas pernas ou seus braços, mas não é nada grave. Você nem liga, continua focada na destruição. Para você, esses são honrosos ferimentos de batalha. Inclusive, o sangue vermelho acrescenta cor e dramaticidade aos seus atos.

Quando não há mais nada de 100 ienes, é hora de partir para o próximo nível. Você agarra as louças intermediárias. Um conjunto azul-acinzentado comprado na Ikea. As peças brancas e práticas da Muji. Arremessa pratos, pires, potes e tigelas, sem distinção. Joga tudo com força e não repara se eles se partem ou não. As tigelas de laca quicam contra o piso e desaparecem rolando pelo corredor.

As xícaras de chá lindas da Noritake, no entanto, você nunca joga. Aquilo lá custou uma nota preta. Com certeza não jogará também as porcelanas refinadas da Arabia. Afinal, esse conjunto você foi juntando devagar, uma peça de cada vez. É seu tesouro adormecido no armário da cozinha. Por mais enfurecida de ciúmes que esteja, sempre mantém esse mínimo de sobriedade. Neste mundo há coisas que podem ser jogadas e coisas que não podem. Você nunca perde de vista sua capacidade de julgamento. Seu marido está encolhido embaixo da mesa, protegendo a cabeça com os braços.

Quando então as coisas que podem ser jogadas chegam ao fim, você arranca por cima da cabeça o avental de bolinhas e o pisoteia. Esmurra a pia com toda a força, provocando um estardalhaço metálico. Restos de água se dispersam como borrifos de sangue. Você agarra um punhado de gelo de dentro do freezer, enfia na boca e mastiga.

A cozinha tem um potencial infinito e acompanha as chamas dos seus ciúmes até onde for preciso.

Você agarra um nabo gigantesco e o sacode no ar como um taco de beisebol. Desfere alguns golpes sobre a mesa e vê, como num filme em câmera lenta, o tubérculo se estraçalhar em mil pedaços. É mais frágil do que parece. Um dos pratos do jantar vai ser um cozido de nabo. Enquanto espreme com força uma lula, arrancando até a última gota de tinta, você tem presença de espírito o bastante para pensar que um cozido de nabo com lula pode ser uma boa solução.

Em seguida, você se dedica a partir ao meio, na unha, cada uma das maçãs que sua família enviou do interior e que ainda estavam dentro da caixa de papelão. Com elas, vai poder fazer geleia, torta, ou quem sabe usar numa salada de macarrão. Maçã é um negócio muito versátil. Você crava os dedos na casca reluzente das frutas, empenhando toda a força de que dispõe.

Uma vez concluída a destruição da cozinha, é hora de limpar os cacos que cobrem todo o piso. Ao caminhar, escuta os gritos de agonia dos estilhaços sob a sola dos chinelos. Você se identifica com eles. Entende melhor os sentimentos daqueles cacos do que os do seu marido.

O fato de ter começado a arrumar a cozinha não significa que tudo se acabou: esse processo ainda acontece em meio aos píncaros dos ciúmes, que seguem ardendo violentamente.

Você caça cada um dos estilhaços como se fossem inimigos jurados, recolhe até o último fragmento. Depois pega o ferro de passar e desamassa com cuidado o avental, enche todos os compartimentos da forma de gelo até exatamente a mesma altura e a devolve para o freezer.

Termina de encher um saco de lixo com todo o detrito que produziu, amarra-o com força, então passa os olhos pela cozinha arrumada e suspira de alívio. A essa altura, a massa de ciúmes dentro de você finalmente desapareceu. É o fim de um longo dia. Baixa os olhos para o seu marido, que continua tremendo embaixo da mesa, e pergunta, com espanto sincero:

– O que é que você tá fazendo aí?

Depois começa a cantarolar uma canção.

...

As origens dos seus ciúmes remontam à creche. Seu zelo descomunal já despontava desde os primeiros anos de vida.

O primeiro objeto do seu amor foi um professor da creche, um homem, coisa que naquela época ainda era rara.

Foram tempos muito difíceis para você. Sempre que o professor pegava alguma outra criança no colo, você sentia a tristeza atravessar seu pequeno corpo (quando o corpo é pequeno, a tristeza o atravessa num instante) e abria um berreiro. É claro que o professor dava colo a muitas outras crianças, segurava a mão de muitas outras crianças, então você chorava sem parar e chegava ao fim do dia exausta.

Quando a sua mãe vinha te buscar, os educadores relatavam como você passara e diziam que, pelo jeito, você ainda sentia muita falta da mamãe. Ela afagava seus cabelos, um pouco alegre ao ouvir isso. Você erguia os olhos para os adultos, sentindo-se traída. Não era nada disso, você estava sofrendo de amor!

Na hora do lanche, se o professor ia ajudar outra criança, o ciúme te fazia esmagar sua bolacha na palma da mão até ela se desfazer em migalhas. Os professores concluíam que você ainda não sabia controlar direito a força dos dedos.

Na hora das brincadeiras, se o professor estivesse fazendo um lindo castelo de blocos com outra criança, você se arremessava sobre a construção e a punha abaixo, como um deus vingativo. Sentia os blocos rolarem sob o corpo. Pareciam pedaços de legumes, você pensava, e a imagem dos cubos de cenoura ou cebola rolando em um cozido de curry surgia em sua mente por um instante para depois desaparecer.

...

Durante todas as etapas de seu desenvolvimento, você foi ciumenta.

Na escola primária você tinha um livro de simpatias de amor, muito bonito e ilustrado, e colocou todas elas em prática. Quando não funcionaram, rasgou o livro em pedacinhos. Também tentou a sorte com feitiçaria. Visitou um templo cem vezes pedindo que seu amado se separasse da namorada. Tomou banhos de cachoeira. Nunca faltavam bonecos de vodu na sua casa.

Mais tarde, já chegando na adolescência, roubou a agenda escolar do menino por quem estava apaixonada e a carregou junto ao peito até a formatura. A capa até mudou de cor com o calor da sua pele. Amaldiçoou cada uma das meninas com quem ele trocou alguma palavra, sem exceção. Estudou feito uma louca para conseguir entrar na escola onde ele pretendia fazer o ensino médio e, no fim, foi aprovada no exame de admissão enquanto o menino reprovou. Seu sangue ferveu só de imaginar que ele iria para uma escola diferente, conheceria novas pessoas. Ir espioná-lo todos os dias depois das aulas se tornou uma de suas atividades cotidianas.

Quando universitária, na flor da idade, seus ciúmes desabrocharam de maneira ainda mais extravagante. Uma vez seu namorado demorou cinco horas para responder suas mensagens e você ficou tão abalada que teve uma febre alta. Se ele não atendia ao telefone, você deixava recados de dois em dois minutos. Não era uma tarefa fácil: assim que terminava um, já precisava ligar de novo para gravar o próximo.

Você ficou tão obcecada com as ex-namoradas que ele tivera antes de você que um dia pegou um ônibus noturno e foi até a cidade natal dele em busca de informações detalhadas. Acabou sendo confundida com uma detetive particular, o que espalhou na cidade o boato de que ele estava envolvido com negócios escusos.

Narrativas de Genji[1] era a sua bíblia.

---

[1] Escrito no início do século XI, *Genji Monogatari* [Narrativas de Genji], de Murasaki Shikibu, é um grande clássico da literatura japonesa e considerado o primeiro romance do mundo. A temática do ciúme feminino é bastante presente na obra, que acompanha a trajetória de Hikaru Genji e seus filhos. (N.E.)

Todos aqueles por quem você se apaixonou ou com quem teve um relacionamento conheceram o inferno. Todos, sem exceção.

O homem com quem você casou vive todos os dias nesse inferno. Por que será que ele escolheu ser seu marido, se essa sua natureza já era tão evidente? Como não percebeu os olhares lancinantes que recebia por checar por um segundo as mensagens do celular quando vocês estavam juntos?

...

Além disso – e esse é o fato mais impressionante a seu respeito –, até ontem você não tinha a menor consciência de ser uma pessoa ciumenta. Jamais desconfiaria que essa era uma característica sua. São tantas as mulheres ciumentas, nas novelas e tudo o mais, que você achava que esse era o normal. Acreditava piamente que o amor e a paixão eram sempre assim.

Você podia, levada pelos ciúmes, arrebentar aos murros a janela do carro, rasgar em pedaços o *yukata* quase pronto que estava costurando para o seu marido, colocar um aparelho de GPS nos sapatos dele, treinar seu olfato para farejar de imediato caso ele cheirasse a mulher, e tudo isso lhe parecia perfeitamente natural.

Por isso, quando ontem seu marido anunciou de repente, depois do jantar, que queria o divórcio, seu sentimento foi mais de perplexidade do que de choque. Ele explicou em detalhes o quão anormal era seu comportamento ciumento. Disse que não podia continuar vivendo daquele jeito, que estava a um passo de enlouquecer. Encurralado até os limites da sanidade, seu marido largou o corpo sobre a mesa, como uma torre de Jenga desmoronando, e soluçou feito uma criança.

Você, que é dotada de um bom coração, ficou imensamente arrependida. Afinal, jamais havia lhe ocorrido que suas ações fossem ruins. Você se desculpou inúmeras vezes, disse que não ia mais fazer essas coisas e pediu mais uma chance. Seu marido sorriu, valente, respondeu "tá bom" num fio de voz enquanto secava as lágrimas, e vocês dois comeram, meio constrangidos, a torta de maçã de sobremesa.

...

Hoje você acordou se sentindo revigorada. Com a sensação de que uma nova etapa da sua vida está começando. Prometeu a si mesma que a partir de agora será uma pessoa gentil, sem nenhum grão de ciúmes, uma mulher generosa que acolhe o marido como ele é.

Com isso, chego ao ponto principal que me trouxe aqui, que é o seguinte: por que você deveria se arrepender, uma atitude tão sem graça? Sendo que o culpado, para começo de conversa, é o seu marido? É ele quem recebe mensagens suspeitas no celular, larga nos bolsos caixas de fósforos de estabelecimentos duvidosos, ganha chocolates elaboradíssimos de Dia dos Namorados,[2] e assim reacende constantemente as chamas dos seus ciúmes. É tudo culpa dele, que a faz desconfiar de que está sendo traída. Dele, que inclusive pode estar mesmo lhe traindo.

Por que você precisaria ser gentil e compreensiva com um homem assim? Então quer dizer que só por expressar seu descontentamento, só por demonstrar seus ciúmes, você está errada? Você não fez nada de mau. Quem está errado aqui é o dissimulado do seu marido.

Sendo assim, eu gostaria de pedir a você que continue enlouquecendo de ciúmes à vontade. Peço encarecidamente

---

[2] No Dia dos Namorados no Japão, é costume que as mulheres presenteiem com chocolates não apenas seus parceiros, mas também amigos, colegas de trabalho e até familiares. O que determina o tipo de presente é o grau de intimidade. (N.E.)

que não abra mão das características que lhe são naturais. Não sei se você tem consciência disso, mas essa sua disposição para os ciúmes é um dom. Você não deve dar ouvidos ao que um sujeito qualquer tem a dizer a esse respeito. Não há por que tolher essa potência por iniciativa própria. Seria uma grande perda para o mundo.

Enquanto seu marido continuar aprontando, você deve continuar obrigando-o a encarar o inferno. Se ele vier com essa história de divórcio ou coisa assim, basta ameaçá-lo, tocar nos seus pontos mais vulneráveis. Se for o caso, nós podemos providenciar informações a respeito dessas vulnerabilidades. Não creio que teríamos dificuldade em encontrá-las.

Sobretudo, um dos fatores que torna seu caso tão excepcional é que ainda hoje, com mais de cinquenta anos, seu zelo ciumento mantém o vigor intacto. Pessoas mais medíocres tendem a ir suavizando com o passar dos anos. A longa convivência as leva a se resignarem em relação ao cônjuge. Deixam de se importar, digamos. Boa parte das mulheres passa a se interessar mais pelos galãs de novela do que pelo marido de carne e osso, já que assim podem sonhar mais alto. O que também não é de todo mau.

Será que você tem consciência de quantos casais neste mundo são um verdadeiro retrato da resignação? Homens e mulheres que apenas repisam as mesmas rotinas, ano após ano. Mas você nunca esmoreceu, nem uma vez sequer. Seus ciúmes mantiveram o frescor e a vivacidade de uma maneira verdadeiramente extraordinária, do ponto de vista de nossas estatísticas globais.

Nossas predições indicam que, graças a toda essa energia gerada pelos ciúmes, é bem possível que você chegue com excelente saúde até os cem anos. Mas, se me permite falar sinceramente, a verdade é que gostaríamos que se juntasse a nós o mais rápido possível, pois estamos com uma defasagem significativa na equipe. De nossa parte, quanto mais cedo melhor. Porque o que acontece é que o número de pessoas que dispõem de vigor suficiente para se tornarem assombrações vem decaindo ano a ano. Não é como se qualquer um que morre fosse capaz de assombrar, entende? Quem não tem algum diferencial – uma natureza muito ciumenta, um apego intenso, coisas do gênero – acaba indo direto para os céus. E cá entre nós, hoje em dia todos andam tão compreensivos que dá vontade de intervir de maneira mais dura: *Você acha que tudo bem viver desse jeito?* São vidas tão tediosas que até quem está assistindo do lado de cá fica aborrecido.

Para piorar, no mundo atual os ciúmes e o apego são vistos como algo negativo, e aqueles que desfrutam desses dons são criticados, desprezados, tratados como imaturos. Tudo isso faz com que grandes talentos como você se tornem cada vez mais raros, num círculo vicioso. Em suma, circunstâncias realmente alarmantes.

Portanto, muito me constrange expor a questão desta maneira, mas como nos encontramos nesta situação crônica de falta de pessoal, seria de fato uma grande alegria se você pudesse se juntar a nós. Estamos ansiosos para contar com seus talentos na nossa linha de frente e, considerando que neste estágio você já demonstra poderes tão avançados, mal podemos esperar para ver do que será capaz quando se juntar a nós. Dispomos de uma grande variedade de formas de assombrar, então não tenho dúvidas de que você encontrará opções que a satisfaçam.

Sendo assim, na ocasião de seu falecimento, não deixe de entrar em contato conosco, por favor.

ONDE VIVEM AS MONSTRAS

AQUELA PRIMAVERA estava sendo um desastre.
    Shigeru entrou se arrastando no vestiário, enfiou a bolsa no armário e começou, desanimado, a vestir o uniforme. Não tinha mais ninguém ali. Estava tudo quieto.
    Ele ergueu os olhos para o relógio Seiko no alto da parede e percebeu que já estava quase na hora de começar o trabalho. Jurava que tinha chegado com uns dez minutos de folga, mas ultimamente o tempo andava correndo de um jeito esquisito. Ou vai ver ele é que estava distraído demais. Chutou longe os All Star azul-marinhos, calçou os sapatos pretos de lona fornecidos pela empresa e saiu do vestiário carregando o boné, que enfiou na cabeça enquanto atravessava apressado os corredores escuros, até entrar na porta marcada com a placa "Sala de Produção 6" e parar no lugar devido. Tei, o líder, o cumprimentou com um aceno de cabeça. Ufa. Por pouco.
    Recém-saído da universidade, Shigeru tinha se tornado um típico *freeter*, uma pessoa sem emprego fixo, que pula de serviço em serviço com contratos temporários. Na situação atual, quando os empregos estáveis estavam mais raros do que os temporários e as empresas contratavam o mesmo número de homens e mulheres, a palavra freeter nem tinha mais tanto sentido. Apesar disso, ele sentia que suas circunstâncias, tanto emocionais quanto físicas, eram bem representadas por esse termo.

Shigeru tomou o lugar do funcionário do turno anterior na última posição da linha de produção e começou a checagem dos produtos. Sua função era extremamente simples: apenas verificar se os incensos que vinham correndo pela esteira, já moldados e secos, não estavam tortos nem esquisitos. Aqueles incensos tinham um perfume peculiar, diferente de qualquer fragrância que ele conhecia. No começo, Shigeru se incomodava com o cheiro que preenchia toda a sala, mas agora já tinha se acostumado. Além disso, um trabalho assim, que dava para fazer sem usar a cabeça, era exatamente o que ele precisava naquele momento.

Todo o vigor de Shigeru havia desaparecido num dia do ano anterior. Sua mãe tinha se suicidado. Foi ele quem a encontrou ao chegar em casa, enforcada com uma toalha, e a primeira coisa que pensou, antes mesmo de ficar triste, foi que aquilo devia ser algum tipo de piada. Achou que ela estivesse tentando pregar uma peça. Nunca imaginou que sua mãe fosse capaz de uma coisa dessas. Ela era uma mulher dinâmica, um poço de energia, a típica senhora faladeira. Mas não, não era piada. Ela estava morta.

No velório, Shigeru reencontrou Okumura, que não via havia bastante tempo. Era seu pai, o homem que mantivera um longo relacionamento extraconjugal com sua mãe. Quando pequeno, Shigeru o via com frequência, mas depois que entrou no ensino médio quase não tiveram mais contato, e ele nunca pensara naquele homem como pai. Na sua cabeça, era um sujeito que sempre visitava sua casa e parecia se divertir com sua mãe. Supunha que não fosse má pessoa, pois sua mãe, que já era uma mulher alegre, ficava ainda mais animada quando ele aparecia. Mais do que observar Okumura, Shigeru observava sua mãe olhando para Okumura. Era ela quem mais atraía a atenção do menino.

Quando Shigeru era criança, Okumura sempre trazia alguma lembrancinha para ele quando visitava. Carrinhos e navios de plástico, equipamentos de beisebol... Mas eles nunca brincaram de arremesso juntos. Okumura só lhe deu a luva e a bola, mas não tinha cara de quem gosta de brincar de bola.

Uma vez, Shigeru recebeu de Okumura um pacote duro e achatado, e ao abrir encontrou um livro ilustrado. Chamava *Onde vivem os monstros* e a capa tinha um monstro com dois chifres dormindo sentado, com um barco ao fundo.

Enquanto Okumura e sua mãe comiam e bebiam, Shigeru sentou à vista de ambos e se pôs a ler o livro, porque pensou que isso deixaria sua mãe feliz. Da televisão vinha a balbúrdia excitada de um programa de auditório. Era uma noite de verão e uma brisa morna entrava pela janela aberta. Shigeru estava sentado de pés descalços, como o monstro na capa.

O protagonista do livro era um menino mais ou menos da sua idade, chamado Max. Ele pegava um barco e navegava por "um dia e um ano" até chegar ao "lugar onde vivem os monstros". Lá, eles dançavam e se divertiam juntos. Shigeru achou legal que os monstros não eram caricaturas fofas e infantis, mas grandes e assustadores, como devem ser. Tinham olhos arregalados, dentes e garras afiados. Era bem bacana.

No final, quando Max decidia voltar para casa, os monstros diziam: "Não vá embora! Nós te amamos tanto que vamos te devorar".

Arrepiado, Shigeru ergueu os olhos do livro e buscou sua mãe. Ela trocava sorrisos com Okumura, com o rosto afogueado. Na sua mente, as palavras que acabara de ler no livro se sobrepuseram à expressão no rosto dela.

"Te amo tanto que vou te devorar."

Em seguida, olhou para Okumura.

"Te amo tanto que vou te devorar."

Okumura parecia tão feliz quanto sua mãe.

Quando Shigeru encontrou Okumura no velório, este não tentou esconder o choro. Estava com a cabeça de cabelos brancos pendida sobre o caixão, depois ergueu o rosto e, com as lágrimas rolando e o nariz escorrendo, veio reto em sua direção. Assustado, Shigeru recuou sem nem pensar se estava sendo indelicado, mas teve que parar quando suas costas encontraram a parede coberta por uma cortina listrada de preto e branco, típica dos funerais. Sem a menor hesitação, Okumura agarrou as mãos secas de Shigeru e as pressionou entre as suas.

O homem passou cinco minutos soluçando e dizendo palavras entrecortadas, que podem ser resumidas: a "Desculpa", "Desculpa, de verdade", "Eu te ajudo até você se formar", "Me desculpa, do fundo do coração". No fim, acrescentou, abatido:

– Sabe, às vezes as coisas mais preciosas pra gente escapam por entre nossos dedos e vão para muito longe, mais longe do que a gente esperava, mais do que podia imaginar. Tão longe que não há mais como tentar recuperá-las.

Então esfregou várias vezes as mãos de Shigeru, afagou os seus ombros, e por fim foi embora com passinhos curtos e derrotados. Fitando suas costas, Shigeru refletiu sobre como as pessoas iam ficando cansadas ao longo da vida. Como envelheciam e ficavam cansadas. Se bem que ele, ainda com pouco mais de vinte anos, não estava menos exausto. Não sentiu nenhuma raiva em relação a Okumura. Parado em um canto do cômodo, passou a noite inteira assistindo aos adultos, que choravam e se indignavam à vontade.

Tudo isso aconteceu no pior *timing* possível para um universitário prestes a se lançar no mar revolto que é a temporada de busca por empregos. Shigeru não conseguiria lidar nem com a menor das marolas que alcançavam a areia, que dirá com as ondas do mar aberto. Parecia fadado a desmoronar mais rápido do que os castelos de areia feitos por crianças.

Shigeru foi com seus colegas ao auditório da universidade para assistir à palestra sobre como conseguir um emprego, mas, ouvindo os conselhos para manter a motivação ao longo do processo ou as sugestões de como preparar currículos, soube por instinto que não seria capaz de nada daquilo e correu para fora da sala. Só aquele falatório exaltado já o deixara emocionalmente exausto.

Sentou-se em um banco de madeira desbotado no pátio e, tomando um café em lata, esperou seus amigos saírem. Naquele momento, Shigeru não tinha nenhuma motivação, nenhum ânimo, nem queria se candidatar a coisa nenhuma. A perspectiva de trombetear suas qualidades nos currículos e fichas de inscrição lhe parecia uma tortura. Ele precisava mesmo se exibir e fazer toda aquela burocracia só para poder trabalhar? Tudo isso era impossível para ele naquele momento.

Os incensos compridos e regulares que iam atravessando seu campo de visão na sala da empresa o faziam pensar nos incensos cerimoniais fincados diante do altar *butsudan* e dos túmulos. Desde a morte de sua mãe, todos os dias, sem exceção, Shigeru acendia um desses diante do altar na sala de tatame em casa e visitava seu túmulo com frequência. Ele se sentia tranquilo no cemitério e conseguia acreditar que sua mãe, que desaparecera tão subitamente do mundo, estava direitinho embaixo daquelas pedras.

Às vezes, diante do túmulo dela, Shigeru escutava uma canção soando baixinho. Então olhava ao redor, mas não havia mais ninguém no cemitério. Quem sabe alguma família tinha tido a ideia bizarra de colocar um equipamento de trilha sonora no próprio túmulo. Pra que fazer uma coisa dessas? Ele ficava irritado por atrapalharem daquele jeito os seus momentos de quietude.

A colega de turma com quem Shigeru namorava naquela época foi se afastando dele, como se não quisesse ser contaminada pela atmosfera deprimente. Ele achou compreensível. Se, naquele período da vida, você se deixasse cair num estado mental negativo, seria incapaz de visualizar seu futuro como membro ativo da sociedade. E, naquele momento, Shigeru era o desespero, não a esperança.

Só sua prima tinha começado, de repente, a ligar e mandar mensagens. Uma hora ela começou a dizer que a tia não ficaria contente por ele ir o tempo todo no cemitério e ficar parado diante do túmulo da mãe daquele jeito. Mas quando ele perguntou como é que ela podia saber de uma coisa dessas, a prima desconversou dizendo que, sei lá, era só um *feeling*. Ela andava muito mudada. Antes era uma moça insegura, do tipo que está sempre aflita, avaliando como os outros reagem a tudo que faz. Agora, andava com ares de superioridade e emanava autoconfiança. Do dia para a noite, parecia ter se tornado invencível.

De súbito, Tei estendeu a mão por trás de Shigeru e deu um peteleco, tirando um dos incensos da fila que corria à sua frente. Não parecia haver nada de errado com a cor ou o formato daquele incenso específico. Percebendo que Shigeru o encarava intrigado, Tei fez um aceno de cabeça, mantendo o rosto inexpressivo, e seguiu para inspecionar outro estágio da linha de produção. Era muito difícil adivinhar o que se passava na mente daquele homem de óculos de aro preto que devia ter pouco mais de trinta anos. O aceno de cabeça não ajudava em nada.

Mesmo Shigeru, que estava sempre distraído, com a cabeça nas nuvens, tinha começado a reparar que havia etapas bastante misteriosas no processo de produção daqueles incensos. Para começar, a mistura de matérias-primas e fragrâncias, feita na sala ao lado, era um segredo da empresa. Até aí tudo bem, esse tipo de sigilo devia ser comum, mas de vez em quando ele via pela porta entreaberta a forma como preparavam o material, e era estranhíssima.

Tinha sempre duas senhoras montando guarda, sem falta, e às vezes ele ouvia uns falatórios que soavam como encantamentos. Primeiro achou que fossem só colegas de trabalho jogando conversa fora, mas elas definitivamente pareciam estar falando com o caldeirão onde misturavam os ingredientes, por mais que ele escutasse com toda a atenção, não entendia nada. Além disso, porque será que as mulheres daquela sessão estavam sempre de quimono? Trabalhavam com as mangas cuidadosamente presas por fitas amarradas às costas, num estilo tradicional, tudo muito diferente do uniforme ordinário que Shigeru vestia.

Uma vez pronta, a massa de ingredientes era transferida para a sala onde Shigeru trabalhava e uma máquina a cortava em tiras finas, como quando se faz macarrão *soba* ou *udon*. E pouco depois, quando chegavam à sua estação de trabalho, essas tiras de incenso já estavam perfeitamente secas. Isso também não fazia sentido. O normal não seria esse tipo de coisa demorar um dia inteiro para secar? Na etapa seguinte ao corte uma pessoa às vezes agitava as mãos sobre os incensos conforme eles passavam pela esteira... Será que havia algum segredo naquele estágio também?

Na verdade, a empresa em si era um mistério. Shigeru descobriu a vaga numa revista de classificados gratuita que pegou numa loja de conveniência. Só que não dava para ler direito todo o texto dentro do anúncio quadrado, algumas das palavras estavam borradas. Então ele não conseguiu entender o que a empresa fazia nem qual era a função para a qual estavam contratando. A única informação clara era que pagavam muito bem por hora de trabalho. Shigeru pensou que sua vista estava ficando ruim. E não foi só isso: no caminho para a entrevista, ele de repente percebeu que era incapaz de lembrar o nome da empresa, tanto que chegou lá suando frio.

Havia três entrevistadores na banca, Tei era o da esquerda. Naquele dia ele não estava de uniforme, mas de terno.

A pessoa de mais idade, sentada no centro, disse a Shigeru que era provável que ele precisasse mudar de função com frequência, pois a empresa trabalhava com diversos produtos e serviços, e perguntou se isso seria um problema. Shigeru disse que tudo bem. Mentalmente, respondeu que o trabalho podia ser qualquer coisa, de qualquer jeito, que para ele tanto fazia. Foi Tei quem telefonou para dizer que ele tinha sido aprovado.

Logo nos primeiros dias, Shigeru percebeu que naquela empresa trabalhava uma quantidade notável de mulheres de meia-idade. Quase não havia outros homens jovens como ele. Por um momento temeu que aquelas tias o tratassem como galã e começassem a paparicá-lo, que isso gerasse algum conflito entre elas, mas seu medo se mostrou completamente infundado. Elas eram todas gentis, não o tratavam como intruso, mas de resto não pareciam nutrir grande interesse por ele.

Até que Shigeru gostava de estar em meio àquelas senhoras e ser alguém quase invisível, que tanto podia estar ali quanto não estar. Mas às vezes percebia em si mesmo certo companheirismo em relação a Tei, por também ser homem e mais próximo dele em idade. Tei, no entanto, não dava atenção especial a Shigeru e não o tratava com nenhuma intimidade. Mantinha-se tão inexpressivo ao lidar com Shigeru quanto com qualquer outra pessoa. E, por mais seco que fosse, as mulheres pareciam admirá-lo e continuavam puxando conversa. Sem dúvida, Tei era muito popular.

O interior do prédio da empresa era muito maior do que a entrada modesta e sem graça levava a crer. De fato, pareciam trabalhar com diversos produtos, como lhe disseram na entrevista, pois havia dezenas de salas de produção. Shigeru tinha a impressão de que o número preciso de escritórios e salas mudava de um dia para o outro, que escadas e espaços que ele nunca vira antes brotavam ao seu redor, mas supôs que isso era só porque, como recém-chegado, ainda não havia se familiarizado com a estrutura do prédio. Aliás, naquele momento havia muitas coisas que ele não registrava direito. Na rua, as cerejeiras no ápice da floração davam ao mundo contornos ainda mais difusos. Naquele período, Shigeru achava as coisas ambíguas e indistintas reconfortantes. Quase não falava com seus amigos, que tinham começado vida nova. O frescor e o otimismo das palavras deles pareciam perfurar seu peito, e ele queria reduzir ao máximo os baques que sofria. Assim, os dias só iam passando, um depois do outro, enquanto ele ia e vinha de casa para a empresa e da empresa para casa.

Certo feriado, estava limpando o túmulo da mãe quando escutou a tal cantoria ainda mais alta do que de costume. Vai ver tinha dado algum defeito no volume da caixa de som idiota instalada no tal túmulo. Irritado, Shigeru escutou com atenção para descobrir de vez a origem daquele som e destruir a desgraça da máquina. Então percebeu que a voz cantava o seguinte:

> *Pare de choraaaar*
> *Diante do meu túuumulo*
> *Que eu não estou aí*
> *Eu não estou descansaaando.*

O queixo de Shigeru caiu. Ele conhecia essa música, havia sido um hit de bastante sucesso. Ele se lembrou de assistir, junto com sua mãe, um tenor cantando essas palavras na famosa competição de cantores apresentada todo fim de ano no canal NHK. Sua mãe tinha murmurado "que música linda" enquanto mastigava um biscoito. Mas não poderia haver uma seleção mais inadequada do que aquela para ser usada de trilha sonora em um cemitério.

Agora a música estava só repetindo a mesma frase:
Eu não estou aí... Eu não estou aí...

De repente, Shigeru se deu conta: era a voz de sua mãe. E no mesmo instante a cantoria parou, como se tivesse percebido que ele percebeu. Depois disso, por mais que estivesse de ouvidos atentos, não escutou mais nada, nem mesmo o som do vento. Ficou parado, sozinho, no silêncio.

Os incensos passavam sem parar diante dos olhos de Shigeru, como todos os dias. Depois de inspecionados, seriam acondicionados em caixas cujo rótulo anunciava "Convocador de espíritos" em caligrafia tradicional, e despachados para as lojas. Parecia ser um produto com muita procura, apesar de Shigeru não saber o que acontecia quando eram acesos. Um dia, no refeitório, perguntou sobre isso às mulheres com quem dividia a mesa, mas elas desconversaram com risinhos.

Em seguida, enquanto engolia seu *curry* com empanado, Shigeru decidiu perguntar outra coisa que o incomodava:

— Às vezes vocês não acham que essa empresa é meio esquisita?

Ele já tinha se recuperado o suficiente para reconhecer coisas estranhas como tal. Também tinha reduzido as visitas ao cemitério para uma vez a cada duas semanas. Nunca mais ouviu nenhuma cantoria, por mais atenção que prestasse. Talvez voltasse a ouvi-la se aumentasse a frequência de visitas, mas isso provavelmente deixaria sua mãe chateada.

— Bem, empresas são um negócio esquisito — respondeu uma das senhoras depois de um momento, enquanto enfiava na boca o tofu frito do seu *kitsune udon*. Era uma mulher de olhos e rosto estreitos, que lembrava uma raposa.

— Ah, sim, mas não é isso... — Shigeru tentou continuar, mas as mulheres trocaram mais risadinhas e logo começaram uma nova conversa sobre a doceira recém-inaugurada diante da estação, onde aparentemente trabalhava um *pâtissier* formado na França.

– O *savarin* é uma delícia!
– Ah, não, lá o melhor é o *montblanc*!
– Sabe que eu ainda não fui? É bom mesmo?
– Acho que eles usam manteiga de verdade, não margarina. Faz toda a diferença!

Shigeru ficou vendo elas falarem, com os lábios entreabertos, até que uma das mulheres, que tinha uma boca gigante, serviu um copo de chá da térmica e lhe entregou, sugerindo "toma um chazinho". Ao servir, a água fervente da garrafa respingou no braço dela, mas ela não ligou. A tia com cara de raposa sacou de sua grande bolsa uma porção de bolinhos recheados e ofereceu um para cada pessoa da mesa, gerando exclamações animadas.

Eu vim parar num lugar realmente curioso, Shigeru pensou.

A PESSOA AMADA

AS PESSOAS SEMPRE ficam surpresas quando eu digo que não sei que cheiro têm as flores de jasmim-do-imperador. Não conheço esse perfume porque tenho rinite alérgica crônica desde criança.

    Quando chega o outono, volta e meia acontece de eu estar caminhando com alguém e, ao virar uma esquina, a pessoa parar no meio da rua e exclamar alegre, com um timbre novo na voz: "Ah! Cheiro de jasmim-do-imperador!". Por um tempo, quando criança, fui ao otorrino para tentar tratar a rinite. Mas, entre os instrumentos compridos que enfiavam nas minhas narinas, o barulho e a sensação desagradável de quando eles aspiravam o muco e o fato de a alergia não sarar por mais que eu me tratasse, acabei cansando de tudo e largando o tratamento relativamente cedo. Então, agora me viro com os remédios disponíveis na farmácia. Só que tenho preguiça de explicar tudo isso, e quando comentam sobre o perfume dessa flor só digo: "Puxa, é mesmo", "Que cheiro bom" ou qualquer outra resposta genérica. Mas a verdade é que não sei do que estão falando. No fundo, me admira o tanto que todo mundo gosta dessa planta. Tem vezes que, só por dizer que não sei como é seu perfume, me tratam como se eu fosse uma pessoa sem sentimentos. Não costumo ver a mesma reação em relação a outras flores, então imagino que o cheiro de jasmim-do-imperador seja realmente especial.

Cheguei inclusive a conhecer uma pessoa que queria ter uma garrafa de perfume com esse cheiro, enquanto eu não sinto o cheiro de colônias e afins, também. Nunca comprei nada disso por conta própria, já que não consigo saber que cheiro têm. Cheguei a usar perfumes que tinha ganhado de presente, mas logo desisti porque me pareceu idiota andar por aí exalando um aroma que eu mesma não consigo sentir.

Se você não sente cheiros, consegue passar ao largo de várias escolhas na vida. Por exemplo, eu não tenho o menor interesse por essa nova moda de óleos essenciais e incensos aromáticos. Também nunca usei velas perfumadas. As propagandas e revistas anunciam grandiosamente que essas coisas são reconfortantes, que quem as usa tem uma vida mais relaxada. Se isso for verdade, talvez eu nunca tenha me sentido reconfortada na vida. Como será que é?

Hoje fico feliz por nunca ter entrado nessa, porque outro dia descobri numa matéria na internet que aromaterapia é nociva para gatos. Nunca usei nenhum tipo de aroma dentro de casa enquanto Mimi estava viva, mas se meu nariz funcionasse talvez tivesse usado inadvertidamente, pois não sabia desse fato. Eu não dependo muito da internet no meu dia a dia, mas às vezes até que é um negócio útil. Segundo ela, o perfume de menta também faz mal para os gatos. Também nunca me meti com plantas aromáticas. Uma sorte!

Recentemente, peguei uma gripe fora de hora e demorei para me recuperar, então, quando os incensos que uso no altar *butsudan* de casa acabaram, fiquei com preguiça de sair para comprar e resolvi usar os incensos diferentes que achei numa gaveta no quarto do meu pai. Fazia muito tempo que eu não entrava no quarto dele, que continua intocado desde sua morte. A ideia de acender no altar um incenso comum em vez do tradicional não me incomodou muito, talvez por causa da minha ausência de olfato. Para quem não sente o cheiro, não há grande diferença entre os dois. Ambos são linhas finas que, como se quisessem ficar ainda mais longas, produzem outra linha fina que vai subindo pelos ares. Também dá para pensar que a fumaça parece uma alma se descolando do corpo. Uma alma muito frágil. Às vezes eu estendo a mão para afagá-la, mas a fumaça sobe mais alto e desaparece, como se fugisse dos meus dedos. Para onde vai a alma, quando some?

Já que não vi nenhum problema, continuei usando aquele incenso depois. De qualquer jeito, não sou uma pessoa muito meticulosa. Não sei desde quando meu pai tinha aqueles incensos, mas ainda havia cerca de metade na caixa. Então, mesmo depois que sarei da gripe e voltei a fazer compras na rua do comércio todos os dias, via os incensos de altar à venda nas lojas e passava reto. Tudo bem, eu ainda tinha os outros, e olha só, os aspargos estavam só 88 ienes!

Certo dia, acendi mais um incenso do meu pai no altar e estava dobrando roupa ali, na sala de tatame, quando de repente ouvi alguém dizendo, timidamente:

– Com licença, desculpe incomodá-la...

Era uma voz muito nítida, então olhei pela janela, pensando que vinha do quintal, alguém que viera cobrar dívidas ou tentar me empurrar algum produto, mas não vi ninguém.

– Hã, olhe em direção ao altar, por gentileza.

Fiz isso e dei com um homem de terno e óculos de aro preto flutuando no meio do ar. Estupefata, só não caí para trás pois já estava sentada no chão de tatame.

– Não se assuste, por favor. Não sou um fantasma, sou um representante da empresa que produz estes incensos.

Olhando melhor, reparei que ele trazia no peito um crachá com seu nome, escrito com um único ideograma incomum.

– Senhor... Migiwasa? – Arrisquei a leitura daquele caractere.

— Ah, não, meu nome se lê Tei.

Um nome chinês. Realmente, ele tinha um pouquinho de sotaque, muito leve.

— Oh, senhor Tei. O seu japonês é excelente.

— É, bem... — desconversou ele numa voz desprovida de emoção, depois continuou. — Normalmente eu ofereceria meu cartão de visitas, mas peço que me desculpe por não o fazer, considerando as circunstâncias.

Isso da pessoa ficar agindo cheia de cerimônia e polidez depois de brotar de dentro do seu altar só deixava a coisa toda mais esquisita, mas tudo bem.

— Vim conversar com a senhora a respeito deste produto de nossa empresa, que a senhora vem utilizando. Pelo que pude observar, ele ainda não produziu os resultados esperados, não é mesmo?

— Resultados?

— Sim. Nem sempre funciona da maneira ideal, mas, na grande maioria dos casos, em uma ou duas semanas os clientes têm a oportunidade de reencontrar a pessoa amada que perderam.

— Nossa, esse incenso faz isso, é? — me espantei.

— Sim, ele tem esse efeito. A princípio não deve haver produtos defeituosos, então vim verificar com a senhora qual pode ter sido o problema neste caso. Poderia me informar o nome da pessoa amada que deseja ver, por gentileza? Com esses dados, poderíamos solucionar a questão internamente. Nós nos esforçamos ao máximo para corresponder às expectativas dos clientes, ainda mais considerando o impacto que as avaliações on-line têm hoje em dia — resumiu Tei, seríssimo.

Uma pessoa amada que já se fora... Talvez eu devesse escolher meus pais, mas se meu pai aparecesse ali na sala, a essa altura, eu não saberia muito bem o que falar com ele. Minha mãe faleceu cedo, então foi com meu pai que convivi ao longo da vida, mas mesmo assim... Depois de tanto tempo dividindo aquela casa com a criatura silenciosa que foi meu pai, eu ainda não sentia que estava sozinha, mesmo depois de sua morte. Continuava sentindo sua presença muda pelos cantos da casa. Quanto a relacionamentos amorosos, tive alguns quando jovem, mas não cheguei a me casar, e ninguém me deixara memórias tão marcantes... Por fim, lembrei de outra criatura calada com quem havia convivido.

– A Mimi.

– Mimi, a senhora disse? – perguntou Tei, intrigado, mas com o semblante quase inalterado. Era uma pessoa inexpressiva. Apesar disso, era meio relaxante ouvi-lo falar, pois tinha uma voz extremamente suave.

– Sim, Mimi. Minha gata. Ela veio morar comigo quando eu estava perto dos trinta e viveu dezenove anos. Continuou a me fazer companhia depois da morte de meu pai.

Pensando bem, mesmo que pela falta de olfato eu nunca tivesse sido reconfortada por aromas, Mimi me trouxera conforto durante dezenove anos. O toque macio do seu pelo, seu pequeno corpo escalando minhas costas e pernas, seus miados tão completamente felinos, o jeito como ela ficava olhando pela janela, sua cara quando despertava, tudo nela. Mimi ficou velha, sua saúde piorou, eu passei por maus bocados levando-a ao veterinário e tratando dela em casa, mas sua presença nunca deixou de ser reconfortante. Ela era uma criatura incrível. Todos os gatos são.

Tei pareceu surpreso e se pôs a falar um pouco mais rápido:

– De fato, não há nenhum motivo para supor que o ser amado será uma pessoa! Este foi um grande descuido por parte de nossa empresa, uma falha de planejamento. É constrangedor. Eu sinto muitíssimo. Vou discutir a questão com nossos técnicos imediatamente. A senhora poderia aguardar cerca de uma semana? Garanto que iremos tomar as providências necessárias para promover este reencontro com Mimi.

– Hã, tudo bem.

Aquilo era tudo muito súbito, mas era verdade que eu ficaria bem feliz se pudesse encontrar minha gata. Só ver a sua carinha já me alegraria, mesmo que não fosse possível tocar nela.

Tei, um homem claramente entusiasmado por seu trabalho, tomou notas ali mesmo, flutuando no ar, depois voltou a olhar para mim:

– Outro aspecto do qual nos orgulhamos é o perfume dos nossos produtos. O padrão é que a fragrância se adapte ao gosto de cada cliente, mas, por algum motivo, no seu caso não recebemos os dados a este respeito. Se a senhora tiver alguma preferência em relação ao aroma, por favor, não hesite em dizer.

– Ah, é que eu não sinto cheiros. Meu olfato é péssimo.

– Ora, é mesmo? – Tei ficou desorientado.

– É. Para o senhor ter uma ideia, meu nariz é tão fraco que nem conheço o perfume do jasmim-do-imperador.

– Jasmim-do-imperador? Bem, pessoalmente eu diria que a senhora pode pensar no sabor das nêsperas para ter uma referência de como é esse perfume. É adocicado, mas não em demasia, e além disso tem certo frescor e um toque nostálgico – respondeu Tei, ainda muito sério, sem esboçar o menor sorriso.

Sabor de nêsperas. Ao lembrar dele, senti por um instante um comichão no fundo do nariz e o pressentimento de um cheiro. Talvez fosse o perfume do jasmim-do-imperador. Era a primeira vez que alguém me descrevia um perfume com palavras. Quer dizer, então, que eu podia me aproximar do desconhecido a partir daquilo que já conhecia! Olhei para Tei admirada, mas ele tinha voltado à inexpressividade de sempre.

– Bom, então podem colocar perfume de jasmim-do-imperador no incenso.
– Tem certeza?
– Sim, por favor.
– Certo, vamos fazer isso. Então, como mencionei, peço que aguarde mais uma semana. Muito obrigado por sua paciência e desculpe o inconveniente.

Em seguida, com uma mesura muito correta, a imagem de Tei desapareceu.

Continuei usando o mesmo incenso nos dias seguintes. Chequei on-line e vi que, como ele dissera, era um produto fácil de adquirir. Então, se aqueles acabassem, bastaria comprar mais. O fato de esses incensos estarem no quarto do meu pai significava que ele provavelmente se encontrava com minha mãe às vezes. Achei bonitinho pensar que ele fazia isso enquanto tentava manter um ar impassível diante de mim.

Daqui a dois dias termina o prazo de uma semana que Tei falou.

A VIDA DE KUZUHA

– SE VOCÊ FOSSE um animal, acho que seria uma raposa, não é, senhora Kuzuha? – comentou o jovem que caminhava ao seu lado.
Kuzuha respondeu, distraída:
– É. *Se eu fosse...*

...

Com o rosto fino e os olhos estreitos, Kuzuha ouviu desde criança que tinha cara de raposa. Seu corpo, magrelo e comprido, também lembrava o do animal. Já bem cedo ela percebeu que essas palavras, "você parece uma raposa", não eram um elogio. As colegas mais populares na escola eram sempre meninas não raposísticas.
Para piorar, quando Kuzuha tinha vinte e poucos anos e trabalhava em uma empresa, aconteceu o escândalo Glico-Morinaga, uma série de sequestros, chantagens e tentativas de extorsão visando empresas produtoras de doces. O grupo que assumiu os ataques se autointitulava "O Monstro de 21 Faces", e o único suspeito conhecido foi identificado nos jornais como "o homem com olhos de raposa". Kuzuha ficou brava com ele por complicar ainda mais a situação de quem tinha essas feições. Seus pais, de olhos grandes e redondos e corpos roliços, lembravam mais texugos. Sua irmã, cinco anos mais velha, era do mesmo grupo que eles. Assim, Kuzuha cresceu como uma raposa entre texugos.

E essa raposa era uma aluna excelente. Desde pequena, nunca teve dificuldade em nenhuma matéria. Também se saía bem nas aulas de educação física. Quando sentava para estudar, Kuzuha imediatamente enxergava os atalhos. Caminhos perfeitamente limpos, sem um único pedregulho, que traçavam uma linha reta até a resposta. Kuzuha precisava apenas seguir por eles até seu destino. Quando os colegas reclamavam que era difícil entender o conteúdo das aulas, ela não conseguia compreender do que estavam falando.

Entretanto, Kuzuha ficava aflita por ser tão boa nos estudos. A cada vez que ela ia bem em uma prova, e quando os professores pregavam as notas na parede e seu nome aparecia acima dos nomes dos meninos, Kuzuha sentia os olhares dos colegas. Não conseguia ignorar o pressentimento de que ser uma aluna melhor do que os meninos só faria com que as pessoas a evitassem, e que tudo isso a levaria, no fim das contas, a situações complicadas. Ela chegava a ter raiva dos caminhos que via, tão livres, sem uma pedrinha sequer. Seria melhor se eles fossem um pouco mais tortuosos, se tivessem um pouco de mato. Assim ela poderia, tranquilamente, mostrar aos colegas que também tropeçava e caía pelo caminho, e trocar risadinhas cúmplices com todo mundo. Como meninas normais devem fazer. Ela não gostava de atrair olhares. Não lhe parecia que chamar a atenção traria nada de positivo. E, de fato, não só em sua classe, mas em todo o mundo fora dali, era evidente que as pessoas mantinham distância de mulheres que se destacavam. Kuzuha via isso acontecer todo o tempo.

Sendo capaz de enxergar todos os caminhos à sua frente, Kuzuha podia ver o que a aguardava se seguisse daquela maneira. Sabia que, independentemente do quanto se esforçasse, em algum ponto seu trajeto certamente seria obstruído. Não faltavam evidências disso na história, na sociedade, nos mais diversos dados. Enquanto ela estava com o nariz enfiado nos livros didáticos, atalhos eram somente atalhos, mas, quando elementos externos começassem a entrar no jogo, ela estaria de mãos atadas. Aquela era uma batalha que ela não tinha como enfrentar. Isso também ficava evidente pela história, pela sociedade e por diversos dados.

Se esperasse até o momento em que seu caminho fosse obstruído para recomeçar todo o percurso, acabaria fazendo um grande rodeio. Sendo assim, é natural que Kuzuha tenha concluído que o atalho mais conveniente para viver sua vida era ser, desde o começo, neutra e inofensiva, não se esforçar demais por nada e não ter sonhos.

No final do ensino médio, quando chegou a hora de os alunos definirem seus planos futuros e Kuzuha declarou que ia procurar um emprego, como se essa fosse a escolha mais óbvia, seus professores quase caíram da cadeira. A sala dos docentes ficou em polvorosa.

Os professores tentaram repetidas vezes, em reuniões na escola e na casa de Kuzuha, convencer a jovem e sua família que ela devia entrar em alguma faculdade e prosseguir com os estudos. Disseram que hoje em dia era comum meninas fazerem ensino superior e que Kuzuha era uma aluna excepcional.

Certa vez, até o diretor participou da conversa. Kuzuha ficou muito surpresa ao perceber a comoção que causava em toda a equipe da escola. Até seus pais, que não tinham nada contra a ideia de ela ir para a universidade e apenas tinham deixado a decisão a seu cargo, ficaram orgulhosos ao ver a exasperação dos professores e começaram a sugerir que ela continuasse estudando, mas ela não deu ouvidos.

No fim das contas, pais e mestres se resignaram e a discussão foi encerrada com comentários vagos: "Bom, ela é menina...".

Pois então, é isso. Eu sou menina. E tá bom assim, pensou Kuzuha, sentada ao lado dos pais e notando, perplexa, a tristeza nos olhos dos professores.

...

— Você tem cara de raposa! — declarou o chefe de departamento, com o rosto reluzente e vermelho, enquanto Kuzuha servia cerveja para ele na festa de boas-vindas aos novos funcionários.

Kuzuha tinha arranjado um emprego na administração de uma empresa em sua cidade natal. O novo chefe a encarava com o olhar pegajoso de quem está avaliando um produto, sem nem tentar disfarçar. Era a primeira vez que alguém a olhava daquela maneira. Kuzuha intuiu que havia adentrado uma nova etapa da vida e, admirada, fez uma nota mental para registrar o fato.

Tinham reservado uma sala de tatame no segundo andar de um restaurante modesto para a festa de boas-vindas. O cômodo estreito estava inundado de sons: o barulho dos homens, o barulho das mulheres, o barulho da louça. Kuzuha ficou surpresa ao descobrir que adultos eram capazes de produzir tamanha algazarra, mas é claro que não deixou seu espanto transparecer no rosto.

— Sim, sempre me dizem isso — sorriu ela.

Satisfeito, o chefe pousou a mão sobre o seu joelho coberto pela meia calça. Kuzuha não sentiu nada, nem alegria nem desagrado. Só pensou: *hum*. E se perguntou, sinceramente intrigada, por que é que aquele homem queria tanto tocar nela.

Essa raposa era uma funcionária excelente. O trabalho era exatamente como ela imaginara. Não tinha nenhuma queixa em relação aos serviços administrativos simples que exigiam dela, incluindo tirar cópias e preparar chá.

Como sempre, Kuzuha via os atalhos com clareza. Trabalhava com competência e movimentos precisos. Consertava as máquinas temperamentais do escritório sem o menor esforço e os chefes sempre diziam que ela fazia o chá mais saboroso. Também encontrava em segundos os erros nos documentos preparados pelos colegas homens. Aquela era uma empresa tão completamente mediana que não havia empregados de grande destaque e futuro promissor, então não acontecia de as funcionárias brigarem entre si em busca dos melhores casamentos. Assim, a excelência de Kuzuha não incomodava as colegas. Seus talentos eram simplesmente engolidos pelas grandes bocas dos chefes junto com o chá e os doces do lanche.

Na mesma época em que ocorreram os crimes Glico-Morinaga, foi criada a Lei de Oportunidades Iguais Entre os Gêneros no Emprego. Uma lei "estabelecida para garantir tratamento e oportunidades iguais para homens e mulheres no contexto profissional", mas que na prática não passava de uma formalidade. Na copa ou no vestiário, algumas de suas colegas reclamavam, mas Kuzuha não pensou muito mais do que o habitual *hum*. Por algum motivo, ela achava reconfortante ser chamada de "menina". Isso mesmo, sou só uma menina.

Vendo o tanto que os funcionários homens sofriam com o trabalho, Kuzuha às vezes sentia pena e desejava poder fazer as coisas no lugar deles. Eram tarefas tão simples, que ela resolveria num instante... A sociedade era muito injusta. Os homens tinham que fingir ser capazes de coisas que não sabiam fazer, enquanto as mulheres tinham que fingir ser incapazes de coisas que sabiam fazer. Quantas mulheres já não fingiram não ter os talentos que tinham, e quantos homens não fingiram ter talentos que não possuíam? Kuzuha pensou nisso por um instante, depois concluiu que não era problema seu e logo se esqueceu do assunto.

Certo dia de inverno, quando quase todos já tinham ido para casa e o escritório estava deserto, Kuzuha levou um chá para Abe, o mais atrapalhado dos seus colegas, que estava sempre levando alguma bronca dos chefes. A mesa dele era um caos, coberta de papéis. Seu terno também estava todo amassado. Por que ele tem que se esforçar tanto apesar de ser claramente incapaz, pensou ela, sendo que eu terminaria esse serviço em cinco minutos?

– Nossa, você parece estar sobrecarregado, não é, Abe?

Kuzuha se compadeceu profundamente daquele homem.

Abe, com seu rosto simples e bondoso, fitou perplexo o líquido esbranquiçado e fumegante que ela colocara sobre a mesa.

– O que é isso?

– Chá de araruta. É bom para aquecer o corpo.

O vapor quente pairou no ar entre os dois.

...

Kuzuha se casou com Abe aos vinte e poucos anos, saiu do emprego e logo deu à luz um menino. Ela nunca desviou do seu atalho.

Abe definitivamente não era um funcionário competente, mas tinha um contrato fixo com salário garantido e era um homem muito gentil. Dava pena ver o tanto que ele se esforçava para manter sua pose viril, sem deixar transparecer para Kuzuha seu cansaço ou insatisfação com o trabalho. Coitadinho. Ela ficava com dó, fazia todo o possível para ele se sentir apreciado, e os dois viviam em harmonia. Isso lhe parecia muito natural, pois ter uma boa relação conjugal fazia parte do atalho.

Kuzuha não tinha nada de que se queixar. Sem suar uma gota, fazia todas as tarefas domésticas, cuidava do filho e gerenciava as finanças da família. Num piscar de olhos seu filho já estava no ensino médio, diminuindo muito sua carga de trabalho. O marido e o filho eram boas pessoas.

Talvez tivessem um bom DNA. Eram atenciosos com ela e todos os anos, no Dia das Mães, lhe davam cravos vermelhos. Todos os anos Kuzuha pensava: *hum.*

Ela sempre teve a impressão de que vivia a vida fingindo ser uma mulher mediana. Esse era o atalho que havia escolhido e estava satisfeita com ele. Mas certo dia, ao ver no espelho seu rosto, já bem mudado desde os tempos de menina, mas ainda esguio e com olhos de raposa, Kuzuha pensou que talvez fosse, de fato, uma raposa. Sou uma raposa que num passado distante se transformou em gente, depois acabou se esquecendo. Essa ideia brotou em sua mente só por um instante, e logo em seguida ela exclamou para si mesma que pensava cada bobagem, deixou isso para lá e aproveitou para limpar a poeira acumulada no espelho com um lenço.

Seu filho entrou na faculdade e foi morar sozinho, deixando-a com ainda mais tempo livre. Kuzuha achou que deveria aproveitar essa liberdade e experimentou participar de cursos no centro cultural do bairro, de poesia *tanka* e coisas assim, mas não gostou muito. Ao ler nesses poemas os sentimentos registrados desde os tempos mais primórdios – as dores e delícias do amor, as mágoas e frustrações –, tudo o que ela conseguia pensar era *hum*. As emoções humanas, boas ou ruins, nunca evoluíam. E Kuzuha não guardava nada dentro do peito que urgisse ser expressado.

– Está chegando a hora de fugir.

Nessa época, Kuzuha começou a escutar uma voz, de vez em quando.

– Está chegando a hora de fugir.

A voz anunciava isso e desaparecia. Fugir de quê? Aquilo não fazia sentido. Ela levava uma vida feliz.

Kuzuha já estava com mais de cinquenta anos quando começou a fazer caminhadas nas montanhas. Primeiro, uma vizinha a convidou para subir o monte Takao e ela foi, sem pensar muito. Depois disso, virou uma mania. Pela primeira vez na vida, tinha um hobby. Kuzuha respirava o ar fresco e sentia com o corpo inteiro o pulso das montanhas.

Tinha vontade de berrar para o mundo todo que *as montanhas são o máximo!*, mas é claro que não fez isso. Kuzuha era uma recatada mulher japonesa.

Todos os seus companheiros de caminhada elogiavam o vigor impressionante de suas pernas. Chegavam a dizer que ela tinha nascido para subir montanhas, e ela mesma sentia que talvez fosse o caso. Se arrependeu, só um pouquinho, de não ter descoberto essa atividade mais cedo na vida.

No começo ela subia as montanhas em grupos, mas com o tempo passou a ir sozinha porque ninguém conseguia acompanhar seu ritmo. Colocava um lanche na mochila, como *oniguiris* ou omelete, enchia seu cantil de água, amarrava bem firme os cadarços das botas e partia sem hesitar.

As montanhas sempre a recebiam de braços abertos. A sensação de cansaço físico depois dessas caminhadas era muito agradável. Era a primeira vez na vida que Kuzuha sentia cansaço. Quer dizer que se cansar era tão gostoso assim? Admirada, Kuzuha fez uma nota mental para registrar o fato.

Quando Kuzuha estava nas montanhas, todos os atalhos desapareciam de sua mente. Sabia que montanhas eram lugares perigosos e que ela não devia desviar da trilha principal. Os colegas a ensinaram isso logo nos primeiros passeios. Mesmo assim, conforme ganhava experiência, começou a ceder à tentação e se afastar pouco a pouco do caminho. De grão em grão, sem exageros, sempre garantindo que conseguiria voltar para a trilha, Kuzuha foi se aventurando por desvios.

Certo dia, embrenhada na selva de uma montanha, ela pisou em falso e escorregou para fora de um despenhadeiro. Os galhos em que tentou se agarrar fugiram de suas mãos e ela foi lançada ao vazio.

Ah, vou morrer, pensou Kuzuha.

Bom, tudo bem, foi uma boa vida.

Ela fechou os olhos. No instante seguinte, seu corpo se enrolou sobre si mesmo, fez com grande naturalidade umas quinze piruetas, e aterrissou de quatro no fundo do despenhadeiro.

Ué.

Kuzuha fitou suas patas dianteiras cobertas de pelos brancos. Depois voltou a cabeça para trás e enxergou um corpo também coberto de pelos e uma grande cauda macia. Envesgou e viu diante dos olhos um focinho úmido, que se movia farejando o ar.

Quem diria, não é que eu era mesmo uma raposa?

De imediato, várias coisas começaram a fazer sentido para Kuzuha. Então era por isso que ela era tão boa em se transformar em mulher humana, em mulher japonesa.

Em pé no fundo do despenhadeiro, Kuzuha experimentou soltar um uivo. Achou gostoso. Depois percebeu que, no alvoroço das árvores que até então era um só ruído indistinto, agora seus ouvidos identificavam o som preciso de cada uma das folhas. Que incrível!

Kuzuha, uma linda raposa branca, disparou correndo. Liberou toda a potência de seu corpo, como uma mola longamente contida, e atravessou a floresta coberta de verde. Suas patas a impeliam com força contra o chão, lançando torrões de terra pelos ares.

Francamente, pensou ela enquanto corria à solta, como era sem graça a vida de gente!

Acostumar-se a viver sempre na medida, cheia de considerações, era estar constantemente traindo a si mesma. Não poder usar sua potência máxima era o mais absoluto tédio.

Ai, mas como fui tonta...

Ela chegou a achar engraçado.

Quando ficou com fome, arrancou uvas silvestres de uma trepadeira e as mastigou com gosto, sem se incomodar com o sumo roxo que escorria pelo seu queixo. Um pobre rato-do-campo entrou na mira precisa dos seus olhos, e a última coisa que ele viu neste mundo foi a saliva se espalhando dentro da boca vermelha de uma raposa branca.

Até que, Kuzuha escalou o barranco de onde havia caído e, com um giro, seu corpo voltou a ser humano.

Ora vejam só, que prático!

Sorridente, ela refez com cuidado os laços das botas e voltou para casa caminhando sobre suas pernas humanas.

...

— Se você fosse um animal, acho que seria uma raposa, não é, senhora Kuzuha? — comentou o jovem que caminhava ao seu lado.

Kuzuha respondeu distraída:

— É, *se eu fosse...*

Quando esse rapaz entrou para a empresa, no começo daquele ano, tinha sempre uma expressão muito sombria e não tirava os olhos dos próprios sapatos, então todo mundo se referia a ele como "aquele moço desanimado" ou "aquele menino meio deprê". Mas agora ele estava começando a se abrir um pouco. Mesmo essa tentativa tosca de puxar conversa até que era bonitinha. No mínimo, era mil vezes melhor do que aquele chefe tarado, que nunca tinha visto Kuzuha na vida e já saíra afirmando que ela tinha cara de raposa e botando a mão em sua perna. Que tempo imbecil e cruel fora aquele, em que o assédio sexual era considerado um fato natural da vida...

O jovem, que estava se habituando ao trabalho, a partir daquele dia deixaria a linha de produção e seria transferido para a seção de Kuzuha. Até onde ela podia ver, ele não tinha nenhuma competência digna de nota, mas Tei devia ter algum plano em mente e pedira para ela explicar ao menino todo o serviço.

Pela primeira vez na vida, Kuzuha tinha um emprego em que seu talento podia brilhar. Sempre achara que essa ideia de "empregos onde seu talento pode brilhar" era só um discurso publicitário barato, mas pelo visto eles existiam de verdade. De fato, era maravilhoso trabalhar num lugar assim e operar no máximo de sua velocidade. Ao longo de uma vida inteira evitando usar sua potência total, Kuzuha tinha acumulado força de sobra.

Coitadinho.

Ela não conseguia deixar de se compadecer do rapaz ao lado, que vinha pouco a pouco se despindo de sua tristeza.

Arremessado num mundo desses.

A sociedade mudara bastante desde que Kuzuha fora uma funcionária de escritório. Agora, até para os homens era difícil conseguir um emprego fixo e estável. A igualdade estava sendo alcançada, mas nivelando por baixo: em vez de as mulheres subirem, os homens também foram rebaixados. Kuzuha sabia que esse menino era capaz de enxergar as barreiras que, antigamente, só as mulheres viam.

Me conta, você ficou surpreso, foi? Pensou que era tudo propaganda enganosa? Mas olha, as mulheres sempre viram essas barreiras, desde pequenas. Nunca, nem por um instante, deixaram de vê-lo. E mesmo assim todas vão levando. Dá-se um jeito.

Kuzuha teve vontade de dizer tudo isso ao menino, mas sabia que sem dúvida ele descobriria sozinho. Para piorar, além de enxergar as barreiras, ele também sentia constantemente a pressão dos homens da geração anterior, demandando que ele suportasse a pressão de ser homem: aguente tudo, como nós aguentamos! Isso dava mais pena ainda. Mas, bom, o jeito era ele ignorar esses olhares vigilantes. Os tempos mudam. O que Kuzuha, que observara tudo calada, podia dizer com convicção é que os homens da geração anterior eram quase todos uns inúteis. Em breve, o nível de desespero das mulheres e dos homens se igualaria, em certo sentido. Quem sabe assim o mundo se tornaria um lugar melhor para viver.

Kuzuha refletia sobre essas questões como se não tivessem nada a ver com ela. De fato, não tinham.

Ela parou diante da porta do departamento que chefiava e a abriu para o jovem.

DO QUE ELA É CAPAZ

PARA ELES, tudo tinha acontecido por causa dela. Ela era a culpada.

Ela sai de casa levando a criança. Seu breve casamento acabou. O homem com quem se casara não servia, em vários sentidos, para ser marido nem pai. Também não era, em vários sentidos, o tipo de pessoa que paga pensão.

A culpa é dela, que, sem pensar na criança, se divorciou e virou mãe solteira, afirmam eles. A culpa é dela, que não pensa no futuro. A culpa é dela, que priorizou suas necessidades como mulher.

Ela fica sem chão. Como vai viver agora? Não tem ninguém com quem contar. Ela precisa trabalhar. E precisa cuidar da criança pequena. Mas ela é só uma. Ela queria muito que alguém lhe desse uma mãozinha, nem que fosse um gato dando a pata. Apesar de desconfiar que um gato não seria de grande ajuda. Ninguém a informa sobre os auxílios governamentais a que ela tem direito.

Eles a olham com frieza. Não lhe estendem a mão: ela está apenas colhendo o que plantou. Assistem de longe, querendo ver até onde ela consegue ir sozinha, já que se acha tão capaz. Anseiam pelo momento em que poderão murmurar consigo mesmos, satisfeitos: *Olha lá, eu não disse?* Não se doem por ela. Afinal, a culpa é toda dela.

Mas, mesmo assim, dá pena da criança, pensam eles, de cenho franzido, assentindo com a cabeça com ar de sabedoria. Quem mais sofre com o egoísmo dos pais são as crianças. São elas as maiores vítimas. Por culpa dela, a criança é infeliz. Que desgraça de mulher.

Ela vai trabalhar. Pela criança, para conseguirem sobreviver, ela trabalha dia e noite. Mesmo com o espírito e o corpo em frangalhos, ela trabalha.

Eles ficam escandalizados. O que passa pela cabeça dessa mulher, trabalhando o tempo todo em vez de cuidar da criança? E ainda espera ser chamada de mãe? Veja bem, é preciso dizer com todas as letras: ela fracassou na maternidade.

E, como se não bastasse, o trabalho que ela faz à noite é, digamos, um típico "trabalho da noite". Bem, não dá para negar que é a ocupação perfeita para uma mulher assim, sem decoro. Eles balançam a cabeça concordando com ainda mais força – já esperavam por isso. As cabeças sobem e descem com tamanho ímpeto que é de admirar que não se soltem e caiam do pescoço. Tudo progride exatamente como eles previram. É sempre assim com ela – com elas. Sempre cometem os mesmos erros. Eles ficam chocados e reforçam sua convicção de que vivem uma vida correta. É reconfortante ver como são diferentes dela.

Eles não sabem (e como ficariam furiosos se soubessem, ensandecidos), mas todos os dias, quando ela sai para o seu "trabalho noturno", se arrisca deixando a criança sozinha em casa. Não tem pais nem amigos para cuidarem dela, e contratar uma babá todos os dias é inviável financeiramente.

Por favor, que minha criança fique bem. Que se comporte. Que nada de ruim aconteça com ela.

Todos os dias, ela sai para trabalhar como quem faz uma aposta, como quem escreve um desejo num papelzinho e pendura na decoração de Tanabata do supermercado. No bar, enquanto dá risadinhas alegres usando vestidos chamativos, não há um momento em que não se sinta ansiosa. Tem a sensação de que sua vida é uma roleta-russa infinita.

Mesmo que nada aconteça hoje, não se sabe o amanhã. E de novo, e de novo. Porém, ela não consegue fazer nada a respeito. Não tem como escapar.

Por isso, ela resolve ajudá-la.

Ela vinha acompanhando sua situação difícil. Essa é uma de suas funções na empresa.

Primeiro, ela observa tudo com cuidado e entrega ao chefe um relatório descrevendo a situação. O chefe, por trás dos óculos de aros pretos, passa os olhos pelo relatório, carimba sua aprovação e a despacha para este projeto.

No começo, ela não percebe a sua presença.

Depois que ela sai, ela fica no apartamento e toma conta da criança, sem dizer nada. A casa está só um pouquinho bagunçada. Ela decide arrumar de leve, um tanto que não chame a atenção.

A criança percebe, desde o começo, que ela está lá. Por um tempo finge brincar sozinha, mas uma hora não aguenta mais, vai se aproximando do canto do quarto onde ela está sentada sobre os calcanhares e estende a mão para tocar o quimono que ela veste. Não parece ser medrosa. A textura do tecido do quimono deve ser curiosa, diferente das roupas que a criança costuma vestir.

Ela olha com carinho enquanto a criança corre os dedos sobre o tecido, depois tira uma bala de dentro da manga do quimono e a oferece. A criança aceita, alegre, e imediatamente enfia a bala na boca. Suas bochechas crescem para um lado e para o outro conforme a bala se move lá dentro. Ela sorri satisfeita vendo isso.

As balas são sua arma secreta. Basta ter uma balinha que ela sempre consegue se aproximar das crianças. Antes ela ia todos os dias comprar balas numa loja de doces, depois percebeu que isso não era muito eficiente e passou a ter sempre um estoque consigo. Ela também coloca uma na boca e fica com as bochechas redondas como as da criança.

Ela e a criança se entendem bem. Afinal, houve até uma época em que ela foi chamada de Fantasma Cuidadora de Crianças. Quase nenhuma criança resiste a ela. Em pouco tempo já estão chamando "tia, tia!".

Depois que começou a trabalhar como babá, ela percebeu que foi feita para esse serviço. (Não há por que esconder: fora convidada para a empresa especificamente por seu talento nessa área.) Enquanto viva ela jamais imaginaria que, depois de morta, arranjaria um emprego tão perfeito. Aliás, durante a vida ela nunca teve emprego nenhum. Não era nada mal esse negócio de trabalhar.

Quando a criança adormece, cansada de tanto brincar, ela dá uma ajeitada no quarto e espera o retorno dela.

Ela corre os olhos pelo pequeno apartamento onde ela e a criança vivem. As pequenas estantes cheias de bichos de pelúcia e livros ilustrados. As paredes decoradas com desenhos infantis. O varal na sacadinha mal iluminada, onde roupas da criança e dela estão esquecidas.

Ela pensa como gostaria de mostrar a eles esse apartamento. Em todas as casas onde trabalha como babá, pensa o mesmo. São casas onde duas pessoas partilham seus dias. Onde duas pessoas vivem e buscam continuar vivendo. Quem eles pensam que são, olhando de fora, discursando daquele jeito sem nunca terem botado os pés nesses cômodos? Que falassem depois de entrar. A pachorra que têm de opinar sendo que não são capazes de conhecer esses lugares, de ver, de agir quando é preciso. Deviam era morrer e recomeçar do zero. Ela não consegue compreender tal comportamento.

Depois de terminar tudo o que há para fazer, ela vigia o sono da criança, sentada sobre os calcanhares, até que ela chega em casa. Joga os sapatos de qualquer jeito na porta e corre para o cômodo mais ao fundo, onde a criança dorme.

Ela não percebe que ela está lá. E ela não faz questão de anunciar sua presença. Aos poucos, conforme passarem os dias, ela vai se dar conta. Pela estabilidade emocional da criança, pela organização do quarto, vai começar a pressentir sua existência e se preparar para aceitá-la. Quando isso acontecer, ela poderá se revelar e avançar para a etapa seguinte. Contribuir para a vida dela de forma explícita. Ela conseguirá se livrar da roleta-russa e, com o tempo, começará a brotar uma amizade entre as duas. Em todos os outros casos foi assim.

Ela é capaz de trazer felicidade para ela e a criança. Esse é seu grande orgulho. Algo que eles não são capazes, que nem sequer tentam fazer. Ela, no entanto, é capaz de fazê-lo e o faz. Essa diferença é fundamental. É reconfortante ver como é diferente deles. Ela assente de leve com a cabeça, enquanto a vê segurar a mão da criança e respirar fundo.

Ela acaricia de leve o rosto da criança, depois começa a se trocar. O vestido sedoso escorrega para o chão e forma uma poça, de maneira que ela parece estar de pé sobre águas plácidas.

O trabalho terminou por hoje.

Uma desaparece do quarto em silêncio. A outra toma um banho de chuveiro e, com o rosto reluzente, se enfia entre as cobertas ao lado da criança e adormece.

O QUE ARDE
É O CORAÇÃO

QUANDO AS PESSOAS encaram minha mão, eu fico nervosa.
    Escrevo as letras no caderno de carimbos tomando cuidado para o pincel não tremer. Não posso errar. A pessoa que me entregou o caderno, esperando diante do pequeno escritório do templo, acompanha meus gestos. Ou talvez não esteja acompanhando, mas eu tenho a impressão de estar sendo observada.
    A dona do caderno é uma mulher de uns 50 anos, com um chapéu de algodão bege. Talvez esteja preocupada porque eu sou jovem para estar escrevendo nos carimbos. Sem maquiagem, com o cabelo preto liso caindo até a altura do ombro, pareço ainda mais nova do que sou. Talvez minha franja também me dê um ar infantil. Alguns dos visitantes do templo não escondem a má vontade ao me entregar seus cadernos. Há quem me olhe com desconfiança e pergunte se o monge principal não está, deixando claro que preferiam que fosse ele o calígrafo.
    Fico meio chateada, mas entendo como eles se sentem. De fato, quanto mais jovem a pessoa, maior as chances de faltar maturidade à sua caligrafia. Todos têm muito apego pelos cadernos em que colecionam carimbos dos templos, e não sabem se terão outra chance de visitar aquele lugar, então é compreensível que queiram alguém que escreva bem. Eu não tenho um desses cadernos, mas se tivesse acho que sentiria o mesmo. Ao mesmo tempo, no fim das

contas todos entendem que cada traço feito nesse caderno é fruto de um encontro único e acidental, e que a graça está justamente aí.

Quando termino de escrever, coloco um pedaço de papel entre as páginas, para o nanquim não manchar a página ao lado, e fecho o caderno. É esquisito ver minhas letras através desse papel fino, elas parecem se distanciar de mim. Sou eu que, nos momentos livres ao longo do expediente, corto folhas de papel ao meio para que fiquem no tamanho certo para essa função. Qualquer que seja o dia, sempre aparece um tanto de pessoas querendo carimbar seus cadernos, então, se eu não me prevenir, logo fico sem.

– São 300 ienes – digo, devolvendo à mulher seu caderno encapado com papel japonês de padrão floral. O dinheiro surge na minha mão num segundo, como um truque simples de mágica. Ela deve ter deixado separado de antemão. As três moedas prateadas reluzem com um brilho estranho sob a garoa e o céu nublado.

Ouço uma exclamação da mulher, que checou minha escrita ali mesmo, enquanto eu guardava o dinheiro. Parece ter escapado sem querer.

– Que letra bonita!

– Muito obrigada. – Levanto o rosto e respondo com um pequeno aceno de cabeça. Não sou muito boa em falar com as pessoas olhando-as nos olhos.

A maioria das pessoas faz essa cara de surpresa e satisfação ao ver minha caligrafia. Vejo no rosto delas como ficam felizes por terem deixado o registro a meu encargo. O fato de terem desconfiado que uma mulher jovem fosse fazer um bom serviço parece contribuir para se alegrarem ainda mais. Não é culpa minha se elas estavam preocupadas, mas ainda assim fico aliviada ao vê-las alegres.

Eu pratico a escrita com pincel desde pequena. As outras crianças achavam meio ridículo fazer aulas de caligrafia, mas sempre gostei da sensação de quando se está escrevendo, da forma como os sentimentos e o corpo se apaziguam. É um mundo simples, onde não existe nada além do nanquim se espalhando sobre a folha. Uma oportunidade para fugir do mundo caótico e ruidoso do lado de fora.

Um dia, quando eu era universitária, uma vizinha me apresentou o templo do bairro, pois o monge principal havia dado um mau jeito nas costas e eles estavam precisando de ajuda. E assim comecei a escrever nos cadernos de carimbo, como um bico. O trabalho não era só escrever; para ser mais exata, eu também fazia serviços diversos no templo, mas gostava dessas atividades. Era tudo bem definido, constante, cristalino.

Depois de me formar na faculdade, continuei fazendo aulas de caligrafia, e frequentemente era chamada para esse tipo de bico. Às vezes ia para outros templos onde nunca trabalhara antes. Mas, mesmo que o local mudasse, minhas funções não mudavam muito. Todos os dias, eu escrevia.

Gosto de ficar sentada dentro do escritório apertado do templo, que também serve de lojinha para vender amuletos, tabuletas de escrever desejos e coisas assim. Gente de todo o tipo aparece, faz o que precisa fazer e vai embora. Há pessoas da vizinhança, já conhecidas, que visitam o templo todos os dias. Às vezes me oferecem balas ou algum docinho. Talvez achem curioso ver aquela jovem inexpressiva sentada ali com trajes de monge. Sempre ouvi que meu rosto é pouco expressivo.

Segurança para o lar.
Sucesso nos estudos.
Segurança no trânsito.
Proteção contra perigos.
Sorte no amor.

Na loja há todo tipo de amuleto, e as pessoas rezam por objetivos diversos. Eu só observo. Apesar de passar quase todos os meus dias em templos, nunca rezei. Não sei pelo que poderia rezar. Talvez minhas emoções, assim como as expressões de meu rosto, sejam escassas. Não tenho nenhum desejo pelo qual suplicar. Quando era criança, nunca tinha nada para pedir nos papeizinhos do festival de Tanabata, nos quais se escrevem desejos. Mas gostava de escrever as palavras no papel, então inventava pedidos para preencher vários e ainda escrevia os dos meus amigos para eles. Também não ligo muito para os relacionamentos românticos. Sempre começam não sei bem como e depois acabam não sei bem como, sem que eu jamais me sinta particularmente envolvida no processo.

Pulando assim de um templo para o outro, acabei me tornando uma espécie de escriba ambulante. Em todos os templos, tanto o monge principal quanto a sua esposa se alegram ao ver minha caligrafia e declaram que assim podem deixar a tarefa a meu encargo sem se preocupar. Faça sol, chuva ou neve, a cena que vejo de dentro do escritório parece sempre distante e tranquila, como se eu observasse o mundo desde o seu exterior.

...

— O que é este *netsuke*? — pergunta a mulher depois de guardar o caderno na sua bolsa LeSportsac. Eu, que já estava distraída achando que nossa interação havia acabado, hesito, sem saber do que ela estava falando. Quase nunca me fazem perguntas, então minha cabeça demora um tempo para assimilar.

Ela está olhando os *netsuke*, pequenas miniaturas decorativas, dispostas ao lado do amuleto contra incêndios. Essas miniaturas retangulares de metal são mesmo difíceis de entender à primeira vista, porque os pedaços que deveriam ser vazados são representados por um padrão de bolinhas. Olhando rápido, parecem minicercas.

– Ah, isso é uma... uma escada.
Ela compreende de imediato.
– Ah! Verdade, neste templo tem essa história, não é?
– Tem, sim. – Concordo, e a mulher se afasta com passos decididos.

•••

De maneira geral, os visitantes deste templo podem ser divididos em três grupos:
1. Pessoas que estavam só passando e entraram por acaso.
2. Pessoas que vêm com algum propósito, como carimbar seu caderno, ou só querem visitar um templo, mas não sabem muita coisa sobre este em específico.
3. Fãs da Oshichi Yaoya.
(Este último grupo poderia ser subdividido entre pessoas que não estão apaixonadas por ninguém no momento, mas se identificam com Oshichi e querem lhe prestar homenagem, e pessoas que estão apaixonadas por alguém e querem rezar especificamente a Oshichi para conquistar a pessoa amada.)

•••

Já faz alguns anos que comecei a trabalhar neste templo, e ele é um pouco diferente. Nos outros locais onde já trabalhei, os visitantes eram apenas dos grupos 1 e 2, mas este tem o diferencial de abrigar o túmulo de Oshichi Yaoya, o que faz com que surja o grupo 3.
Eu não sabia disso até começar a trabalhar aqui, mas Oshichi foi uma moça que realmente existiu, no período Edo, e que foi condenada à fogueira por ter provocado um incêndio. Parece que na época era raríssimo uma mulher ser

condenada a morrer queimada, e além disso, o que a levou a praticar o crime foi a paixão – Oshichi ateou fogo como um recurso para voltar a ver seu amado. Tudo isso fez com que ela ficasse muito conhecida e se tornasse personagem de inúmeras histórias. Em algumas versões, ela não chega a provocar o incêndio. Só sobe na escada, toca o sino e bate o tambor anunciando fogo. Pelo visto, era uma menina bem romântica, do tipo que quando se apaixona fica totalmente obcecada. Não consigo deixar de pensar que as pessoas do grupo 3, que vêm a este templo conectado a Oshichi e rezam para conquistar a pessoa amada, devem ter essa mesma personalidade.

Dá para reconhecer num instante quando aparece alguém desse grupo. Elas (por algum motivo esse grupo 3 é, em sua maioria, formado por mulheres) têm um padrão de comportamento bastante consistente. Chegam ao templo com passos firmes e determinados e vão direto para o túmulo de Oshichi. Seu olhar é focado e inabalável, bem no estilo de sua heroína.

Elas rezam muito longamente. Também deixam bem mais dinheiro na caixinha de contribuições do que as outras pessoas. Algumas trazem oferendas, flores ou outras coisas. Ficam bastante tempo paradas ali. Talvez estejam contando a Oshichi tudo aquilo que carregam dentro do peito e da mente e que não podem contar a mais ninguém. Tem gente que passa um tempo inacreditável nesse desabafo.

Depois que enfim se afastam do túmulo, ainda rezam por muito tempo diante do altar principal. E ali também não economizam no dinheiro ofertado. Em seguida, vêm até o escritório onde estou sentada e, sem a menor hesitação, como se já tivessem pesquisado tudo de antemão, compram um *netsuke* de escada e um amuleto. Como um fã comprando *merchandising* do seu cantor favorito. Por fim, passam mais uma vez no túmulo de Oshichi, onde ainda rezam um bom tanto antes de partirem com seus passos firmes.

Observando suas atividades de dentro do escritório, sou sempre tomada por um sentimento de reverência. Não sou, por natureza, do tipo que se perde e fica fissurada por alguma coisa, mas o jeito das mulheres do grupo 3 me lembra minhas amigas que ficavam obcecadas por cantores ou patinadores. Todas elas ardem em chamas silenciosas.

Não sei por quê, mas tenho a impressão de que as mulheres japonesas têm uma capacidade incomum para serem fãs. Quando se encantam com algo, só pensam nisso e empenham toda a sua energia nesse assunto. Gastam um monte de dinheiro, pesquisam tudo em detalhes, agem sem pensar duas vezes. É um fervor impressionante. Porém, caso se apaixonem com tamanho fervor por algum colega de trabalho, por exemplo, não podem seguir os impulsos do coração e investir com todas as chamas que ardem no peito. Talvez, sem saber o que fazer com esse ardor, venham parar no túmulo de Oshichi, essa jovem que deixou arder as chamas da paixão com tamanha intensidade que acabou, ela mesma, morrendo queimada. Talvez pensem que só Oshichi seria capaz de compreender o que queima no coração delas e como é restritiva a vida numa sociedade onde você se apaixona por alguém e não pode derramar sobre a pessoa todo o seu precioso fervor.

Quando comecei a trabalhar neste templo, achei que essa história de vir rezar nele por sorte no amor era uma piada de mau gosto, considerando que no fim das contas Oshichi foi condenada à fogueira. Mas vendo as pessoas do grupo 3, comecei a pensar que não é uma ideia tão desproposidada. Visitando o templo, elas conseguem se conectar com a jovem através dos séculos. Acho divertido trabalhar em um templo que atrai pessoas com a mesma personalidade que Oshichi.

Saio do escritório, corro os olhos pelos jardins do templo e limpo algumas folhas caídas sobre o túmulo. A garoa cessou, mas o céu continua cinzento. Um senhor surge no caminho estreito que traz ao pátio, então eu volto para dentro, cuidando para não chamar sua atenção. Ao me sentar novamente sobre a almofada, noto que havia esquecido o rádio ligado. É um velho rádio vermelho que o monge principal disse que eu podia ouvir quando o templo estivesse vazio, para não ficar entediada. Quando entro, o noticiário está falando sobre o desaparecimento de um antigo crânio guardado no depósito de certa instituição. Ouço a notícia até o fim e desligo. Dizem que a polícia está investigando a identidade de uma mulher misteriosa que foi flagrada pelas câmeras de segurança.

Um crânio? Tiro o pó da mesa com um pano, intrigada com essa história. A expressão "mulher misteriosa" me faz imaginar uma mulher de cabelos longos, óculos escuros e sobretudo. Como será que era essa tal mulher misteriosa, na verdade? Por que será que precisava tanto do tal crânio? Que notícia esquisita... Mas, bom, coisas esquisitas acontecem.

O senhor que vi chegando pouco antes para diante do escritório e eu abro o vidro de correr da janela. Ele me entrega seu caderno. Vejo na expressão de seu rosto a hesitação ao perceber que quem vai escrever é uma moça como eu.

– Só um minuto – peço baixinho, depois pressiono três carimbos diferentes com tinta vermelha e pego o pincel. O homem recua dois ou três passos e fica esperando, sem ter com o que se ocupar.

Primeiro escrevo a data em letras menores, num dos cantos, depois as palavras de sempre. Ao terminar, cubro com um pedaço de papel.

– Pronto, senhor – timidamente, chamo o homem de cabelos brancos e devolvo seu caderno. Ele o recebe, me paga os 300 ienes, se despede com um aceno de cabeça e se afasta. Enquanto caminhava, deve ter checado minha escrita, porque se volta para me olhar mais uma vez, com uma expressão de espanto.

...

Aproveitando o tempo livre, checo os materiais no escritório. Percebo que só há mais uma página pronta com carimbos. Deixamos essas páginas já preparadas, no formato certo para serem coladas nos cadernos, caso alguém se esqueça de trazer o seu. Resolvo preparar mais algumas. Estou fazendo isso quando a esposa do monge vem me ver, trazendo uma bandeja com chá e um docinho embrulhado.
– É só uma coisinha simples que ganhamos – diz ela, apoiando a bandeja num canto da escrivaninha. Depois espia a caligrafia por cima do meu ombro e exclama, satisfeita:
– Sempre que vejo sua escrita, Nanao, penso que não é só habilidosa, mas também meio selvagem, ardente... Não sei, suas letras têm um fogo especial. Realmente, não dá pra julgar ninguém pela cara!
Não é a primeira vez que ela me elogia assim. Não sei bem por quê, mas ela e o monge sempre dizem que minha caligrafia combina perfeitamente com a Oshichi.
Continuo escrevendo depois que ela deixa a salinha. Há outras duas pessoas que ajudam nos serviços do templo, mas elas não sabem escrever com pincel, então é melhor eu aproveitar e deixar várias folhas prontas.
Quando me dou conta, o sol já está se pondo. Apesar do tempo nublado, até que o céu ficou bem vermelho. Dentro da porta de correr de vidro, eu continuo escrevendo, em silêncio.

MEU SUPERPODER

COLUNA DE KUMIKO WATANABE, EDIÇÃO N.º 9:
"QUAL É O SEU SUPERPODER?"

HOJE QUERO COMEÇAR lembrando que Oiwa e Okon, personagens das famosas histórias de terror, têm algo em comum: o rosto desfigurado. Como vocês devem saber, as duas terminam com feições horrorosas, uma por causa de um veneno e outra por uma doença. Depois ambas se tornam fantasmas e voltam para assombrar os homens que as colocaram naquela situação.

Nas novelas e filmes em que aparecem, que vi desde criança, elas sempre eram apresentadas como monstros terríveis. Era isso o que se esperava delas. Em qualquer universo, é assim que funciona o gênero do horror. Os zumbis precisam sair dos túmulos e Carrie precisa ser banhada em sangue de porco, senão não tem graça. É imprescindível que as manchas apareçam nas paredes e os pratos se partam. Se essas coisas não acontecem, o espectador fica entediado.

Eu, no entanto, não conseguia olhar para aquelas duas mulheres como monstros assustadores. Compreendia institivamente que, se as considerasse criaturas ameaçadoras, então eu também seria uma. Se elas eram monstros, então eu também era.

Hoje em dia meus sintomas estão sob controle, mas sempre tive a pele alérgica e sensível. Quando nova, sofri muito com a dermatite atópica, principalmente durante a adolescência. Preocupada, minha mãe me levou em um monte de dermatologistas, e os exames de sangue apontaram que eu tinha sensibilidade aos mais diversos alimentos: arroz, trigo, laticínios, carne, açúcar... Como tratamento, passei a fazer uma dieta muito restrita. Meus principais alimentos eram painço e milhete, que minha mãe dizia parecer comida de passarinho. Até hoje, se vou num restaurante e peço cuscuz marroquino, acho um pouco nostálgico porque me lembra dessa época. Foi um período bem difícil, justo na fase de crescimento em que temos um apetite enorme. Claro que eu não podia comer nenhum doce ou salgadinho como os vendidos por aí, e morria de inveja quando via outras crianças comprarem todo tipo de bobagem para comer de lanche.

Até que, quando eu estava no começo do ensino médio, ouvimos falar de uma clínica muito bem avaliada na província de Kouchi, e passei duas semanas internada lá. Depois de cada tratamento eles cobriam meu corpo todinho com bandagens, então pude experimentar em primeira mão como é ser uma múmia. Hoje em dia eu dou risada ao lembrar, mas na época foi muito sofrido. Aliás, há dois ou três anos comentei sobre essa história com certa editora, e descobrimos que ela também tinha se tratado nesse lugar quando adolescente. Ficamos surpresas com a coincidência, fazendo piadas sobre sermos colegas de mumificação. Ela também disse que foi um período muito difícil.

Talvez me critiquem por me queixar desse jeito, afinal a dermatite não põe em risco a vida de ninguém, mas é uma doença muito cruel. Você vive num desconforto constante com o próprio corpo. Precisa evitar muitas roupas e produtos. Na minha escola, como o uniforme e as roupas de educação física eram todos sintéticos, minha mãe teve que negociar com a direção e conseguiu que eu fosse a única aluna com permissão para usar blusas e roupas de ginástica feitas de algodão. Por falar nisso, foge um pouco do assunto de hoje, mas acho que nunca vou perdoar o sistema educacional japonês por ter sido obrigada a usar aqueles shorts minúsculos, do tamanho de calcinhas, nas aulas de educação física. Nossa, que experiência humilhante! Mas deixo esse assunto para outro dia.

No caso das mulheres, também é preciso tomar cuidado com os cosméticos. Nos últimos anos, felizmente vem aumentando a oferta de produtos naturais, pensados para peles sensíveis, além de haver muitas roupas bonitas feitas com tecidos como algodão ou linho orgânicos, que não agridem a pele. E, para ser sincera, a verdade é que estar atenta a esse *boom* desde o começo, sempre pesquisando novos produtos, contribuiu bastante para o meu trabalho como colunista de *lifestyle*.

Quem sofre de dermatite atópica, acne ou tem a pele sensível de maneira geral sabe que o pior de tudo é estar sempre preocupado com o que os outros estão pensando. As pessoas reagem instintivamente ao ver alguém com uma aparência diferente do habitual. Quando meus colegas me olhavam durante as crises de dermatite, seus olhos me diziam que eu era um monstro.

Por tudo isso, eu ficava triste ao ver o rosto desfigurado de Oiwa e Okon. Por que aquelas mulheres tinham que passar por uma coisa dessas? Por que precisavam ser tratadas como monstros? Eu projetava a mim mesma sobre a figura delas e me compadecia de suas sinas.

Alergias têm períodos mais intensos e mais amenos, ou seja, vão e vêm em ondas. No meu caso não é diferente. E, durante a adolescência, um fenômeno curioso acontecia. Nas épocas em que os sintomas da dermatite eram muito fortes, ninguém se interessava por mim, mas quando eles arrefeciam, eu passava a ser razoavelmente popular entre os meninos. Apesar de continuar sendo exatamente a mesma pessoa do lado de dentro, eu via a onda de meninos retroceder cada vez que a alergia piorava, depois se aproximar de novo quando ela melhorava. Dava para perceber o mesmo padrão entre as meninas que vinham puxar conversa comigo. Com o tempo, comecei a achar toda essa dinâmica ridícula.

Foi graças à dermatite atópica que desenvolvi minha capacidade de observação. Consigo ver a natureza real das pessoas, como elas são de verdade. Pois quando estão olhando para alguém que consideram um monstro, as pessoas não se dão conta de que o monstro também as observa. Ficam insensíveis aos olhares daqueles que consideram inferiores. E, para alguém que escreve sobre estilo e cotidiano como eu, essa capacidade de observação é muito útil. Esse é o meu superpoder.

Talvez essa expressão soe estranha aqui – que história é essa de superpoder, assim do nada? Do que ela está falando? É que, apesar de eu ser apaixonada por cinema francês, como vocês já sabem (minhas grandes inspirações sempre foram Jane Birkin e Catherine Deneuve), recentemente assisti ao filme estadunidense *Os Vingadores*, baseado nos quadrinhos, por insistência do meu filho de 14 anos, de quem volta e meia eu falo aqui na coluna. Aliás, quando o vi no cinema, muito à vontade segurando um pote de pipoca caramelada e uma Coca-Cola, percebi o quanto ele cresceu! Se bem que algumas coisas ainda não mudaram... Depois do filme ele ficou fazendo manha para eu comprar cadernos e produtos dos seus personagens preferidos, que nem quando era pequeno (risos).

Nesse filme tem personagens com todo tipo de superpoder. E tem a Scarlett Johansson também, viu? Aí, enquanto assistia às lutas na telona, me peguei pensando qual seria o meu superpoder, feito uma criança. Isso me fez refletir um pouco sobre o assunto, e concluí que gosto bastante do superpoder que tenho.

No fim, acabei escrevendo uma coluna bem pessoal, diferente do meu estilo de sempre, apesar de ficar um pouco sem jeito. E, já que estamos aqui, será que eu posso perguntar qual é o superpoder de vocês, leitores? Me escrevam para contar, tá? Até a próxima!

AS ÚLTIMAS BOAS-VINDAS

DEPOIS DO HALL de entrada, encontrei um lobby simples com alguns sofás e uma chapelaria vazia. À esquerda, uma escada levava ao primeiro andar, mas segui reto pelo corredor. O tapete decorado com pássaros e flores, já meio desbotado, deve ter sido belíssimo um dia.

Dava para ouvir o barulho da obra por detrás de biombos escuros. Funcionários saíam do grande salão de festas e desapareciam através de portas diversas. A iluminação era fraca.

Segui caminhando meio desconfiado, pois tudo aquilo era bem diferente do que eu esperava, e cheguei a um corredor de pequenas lojas. Estabelecimentos variados se enfileiravam dos dois lados – uma butique que devia ser a favorita das madames, um engraxate dizendo "Shoe Shine", uma loja vendendo famosos lencinhos antioleosidade.

O corredor desembocava no balcão de recepção da piscina interna. Ao me aproximar, vi através do vidro enfeitado com desenhos coloridos de palmeiras e afins uma moça de biquíni falando com alguém da recepção. O outro funcionário olhava para o lado, entediado. Um pouco além, do outro lado da parede de vidro que separava a piscina interna da externa, um homem de camisa fresca e bermuda observava a interação. Parecia ser o pai da jovem.

Talvez sentindo o meu olhar, a moça virou em minha direção e, sem jeito, retorceu um pouco as pernas nuas. Achei um pouco engraçada aquela situação, estar de terno vendo uma pessoa de biquíni a apenas um vidro de distância, mas desviei rapidamente o olhar. O verão daquele ano, como os anteriores, estava chegando ao fim sem que eu tivesse ido à praia ou à piscina.

Ao final do corredor havia também uma porta que levava ao novo anexo, mas no momento ele devia estar em reforma. Em vez de seguir por ela, voltei por onde viera. Passei mais uma vez por entre as lojas que vira logo antes, pensando o que será que aconteceria com elas, e desemboquei no mesmo lobby por onde entrara. Eu estava confuso. Era esse o edifício cuja reconstrução tantas pessoas estavam lamentando? Pessoalmente, eu não tinha nada contra aquele lugar, mas assim, à primeira vista, não me saltava aos olhos nada de muito interessante, e a decisão de reformá-lo parecia bastante razoável. Acima de tudo, eu não estava achando o ambiente do qual tinham me falado. Estava desorientado quando vi, entre os panfletos no balcão da chapelaria, uma revistinha com uma foto dele na capa. Com a revista em mãos, avancei novamente para dentro do hotel e pedi ajuda a um funcionário que saía do salão de festas.

– Com licença, gostaria de saber como faço para chegar nesta sala aqui, do edifício antigo – perguntei, apontando para a capa do panfleto.

O homem assentiu com a cabeça e respondeu:

– Esta foto é do edifício novo... É que as luminárias são parecidas. O lobby do edifício antigo, ao qual o senhor se refere, fica no quarto andar.

– No quarto andar? – exclamei enquanto ele me guiava até o elevador, onde me deixou a cargo de outro funcionário e se despediu com uma mesura. O outro homem, já de mais idade, sorriu para mim e abriu a porta.

Ao entrar no elevador, deparei com um tapete decorado com enormes flores exóticas. Desviei os olhos do chão, incomodado por estar pisando nelas. Me sentia o Pequeno Polegar. Ou talvez o Samurai de uma Polegada. O elevador chegou ao quarto andar num instante, eu saí e finalmente encontrei, à minha direita, o lobby que havia visto em tantas fotos, em revistas e na internet. E então compreendi. De fato, não era fácil dizer adeus a um lugar como aquele.

No caminho para o hotel eu havia passado pelo hospital Toranomon, subido a ladeira e entrado na primeira porta que vi. Mas, pelo jeito, a entrada que eu usara era específica para o salão de festas. Se eu tivesse continuado a subir a rua e usado a entrada principal, logo teria encontrado o lobby que buscava.

Próximo a essa porta havia um balcão com recepcionistas e *concierges* e uma elegante banca de jornal. Mais adiante, atrás de um grande arranjo de pedras e flores em estilo *ikebana*, se abria um vasto salão luxuoso, com mesas baixas dispostas a intervalos bem equilibrados sobre o tapete xadrez bege e marrom. As mesas, cercadas por grupos de quatro ou cinco poltronas confortáveis, com design arrojado, formavam um desenho que lembrava flores desabrochando. Do teto pendiam luminárias em forma de lanternas brancas, como correntes de contas. As paredes também eram decoradas com padrões elaborados.

Quando entrei, encantado, naquele campo florido, uma mulher ergueu o rosto em minha direção. Ela estava sentada em um canto com duas poltronas (como pétalas que se desprenderam das flores). Era uma senhora miúda com o cabelo arrumado num corte curto e delicado.

Me aproximei com um leve aceno de cabeça, ela sorriu com os lábios pintados de um belo tom coral e me cumprimentou:

— Senhor Tei?

— Sim, sou eu. Perdoe-me pelo atraso. — Sentei na poltrona à sua frente, obedecendo ao gesto de sua mão branca, e ofereci meu cartão de visitas.

— Me desculpe por ter marcado em um dia tão agitado — sorriu ela.

– Agitado?
– É, hoje vieram muitas pessoas para ver o hotel uma última vez.

Olhei ao redor e reparei que de fato o lobby estava lotado, com muita gente tirando fotos com o celular ou câmeras digitais. Uma mulher de saia passou por nossas cadeiras com passos determinados, carregando uma máquina fotográfica profissional. O restaurante que servia almoço e chá da tarde ainda estava fechado, mas dava para ver que boa parte das muitas pessoas de idade que chegavam sem parar ao hotel estava esperando ele abrir. Estavam todas bem-vestidas e conversavam alegremente.

– É uma pena reconstruírem o prédio todo, tem só cinquenta anos... – comentou ela, observando os visitantes. Depois, num tom surpreendentemente despreocupado, acrescentou:
– Mas também estou curiosa para ver como vai ficar o novo. Dizem que vai ser um arranha-céu! Não consigo imaginar.

Ela olhou para o teto com cara de quem de fato não conseguia imaginar.

– Eu e meu marido viemos conhecer este hotel logo que abriu, sabe? Nossa, ficamos encantados. Era tão chique, um verdadeiro exemplo da modernidade Showa. Desde então, viemos muitas vezes neste restaurante para comemorar ocasiões especiais... Era um pequeno luxo nosso. Tenho tantas memórias boas! – contou ela, em meio a risinhos.

Concordei com a cabeça. Eu, que sou de outra geração, às vezes invejo quem viveu essa época em que o ápice do requinte era se arrumar e ir fazer uma refeição num hotel. Em que era um grande programa fazer compras em lojas de departamento sobre as quais flutuavam balões de propaganda, depois comer *omuraisu* no restaurante e subir na roda-gigante da cobertura para apreciar a vista. Agora já não existiam mais parques de diversão no topo de lojas de departamento, tinham sido todos demolidos.

– Foi por isso que eu fiquei aqui. Passei meus últimos momentos em um asilo, e a casa em que cresci hoje pertence aos meus filhos, foi toda reformada... Mas não acho ruim, viu? Daqui eu só guardo memórias boas. Além disso tem sempre alguém entrando e saindo, a gente nunca se aborrece.
– Entendo perfeitamente.
Observei a mulher à minha frente, que vestia um conjuntinho verde-oliva bem cortado, com um colar de pérolas, e se sentava com os joelhos bem unidos sob a meia-calça brilhante. Devia ser a roupa que ela usou em algum passeio com o marido. Decidi entrar no assunto principal.
– Conforme mencionei anteriormente, a senhora não gostaria de vir passar uma temporada conosco, enquanto este edifício estiver sendo reformado? É claro que também existe a opção de se mudar para o anexo novo, mas pensei que talvez a senhora gostasse de ir para um local diferente. Mudar de ares, digamos. Depois, quando a renovação terminar, poderia tanto retornar para cá ou continuar conosco, o que sem dúvida nos traria grande satisfação. Alguém como a senhora seria muito bem-vinda em nossa empresa, que reúne mulheres com os mais diversos talentos. Naturalmente, não precisa ser nenhum compromisso sério, pode ser apenas uma forma de se distrair durante esse período. De qualquer maneira, não se sinta obrigada, por favor.
Falei tudo com clareza, olhando-a nos olhos. Por algum motivo, nunca fui capaz de sorrir só para ser simpático ou para conseguir vantagem nos negócios. Então meu único recurso é dizer com sinceridade o que tenho a dizer.
– É... Pode ser uma boa ideia.
Ela fez uma expressão que poderia ser chamada da sonhadora, pousando uma mão branca e enrugada sobre o rosto branco e enrugado. Parecia uma menina, mas no dedo médio da mão sobre a face brilhava um anel de prata com uma grande pedra verde-esmeralda. Aliás, outra coisa que

quase não se vê mais são propagandas de joias como essas, que costumavam vir no meio do jornal junto com outros panfletos. Na infância, quando aprendi a usar a tesoura, passei um tempo obcecado com a brincadeira de recortar cada uma dessas joias, contornando com cuidado cada um dos detalhes. Quanto mais firulas tinham os anéis, melhor a oportunidade de exibir minhas habilidades. Eu não jogava fora as joias recortadas, ia guardando todas em uma lata de biscoitos. Uma vez, dei de presente para minha mãe um anel de rubi que consegui recortar particularmente bem. Ela fez festa, como eu esperava.

– Sim, acho que é um bom plano. Então vou esperar aqui até o último dia e depois me mudo para a sua empresa. Tudo bem? Já que estou aqui, quero ficar até o fim.

– É claro, não há problema algum. Muito obrigado!

Sem pensar, me pus de pé e a agradeci com uma mesura.

– Ora, mas que exagero. Eu é que devia agradecer por quererem uma velha como eu.

– Oh, não, imagine!

Ela achou graça da minha reação, mas só porque não tinha consciência do próprio poder. Eu entendi isso depois de lidar com muitas dessas mulheres – elas tendem a subestimar a própria força. Mesmo sabendo do que são capazes, não valorizam suas habilidades. Cocei a cabeça, sem jeito, e voltei a me sentar. Depois conversamos sobre assuntos variados por algum tempo.

– O senhor fala japonês muito bem, senhor Tei – disse ela a certa altura, como se aquilo tivesse acabado de lhe ocorrer.

– Muito obrigado – respondi. Enquanto falava, desviei um pouco o olhar e reparei que o restaurante já tinha aberto as portas.

Eu cresci no Japão, então basicamente domino a língua tão bem quanto qualquer japonês, mas é comum me elogiarem assim, suponho que por causa do meu nome e dos meus traços. Durante a adolescência, isso às vezes me fazia sentir excluído, mas agora não me incomoda mais. Ainda assim, fico surpreso quando percebo que, apesar de eu me considerar igual a todos, não é assim que os outros me veem.

...

Eu me ofereci para voltar e buscá-la no último dia, mas ela disse que se tivesse um mapa com o local da empresa poderia chegar por conta própria. Então agradeci sua gentileza, entreguei uma cópia do mapa com nossa localização e me despedi com uma mesura. Ela acenou adeus. Perguntei o que faria em seguida e ela disse que estava pensando em continuar sua leitura em uma das escrivaninhas no andar de cima, pois ali estava movimentado demais. Pelo jeito, há anos aquele canto com três escrivaninhas de madeira era um dos seus lugares preferidos. Disse que as mesas eram separadas por divisórias, tinham lâmpadas individuais e que se sentia muito bem ali.

Caminhando em direção à porta, vi que chegavam cada vez mais visitantes. Cada um aproveitava o espaço à sua maneira, pedindo para os funcionários tirarem fotos, explorando os vários recantos do edifício ou conversando sentados nas cadeiras confortáveis. Deviam estar lamentando a perda iminente. Agora eu entendia por que se sentiam assim. Aquele hotel era capaz de produzir esse sentimento.

Olhei para trás pela última vez e, conforme ela dissera, eu a vi subindo as escadas em meio à balbúrdia. Visto assim, a distância, seu corpo miúdo parecia o de uma criança. Será que, depois que ela partisse, outra *zashiki warashi* viria habitar aquele hotel? Desejei de coração que isso acontecesse. Também era possível que ela mesma acabasse voltando. Mas, durante a reconstrução, iríamos tomá-la emprestada.

Quando criança, eu ficava chocado com a quantidade de pessoas que existia. Me preocupava sinceramente que o planeta fosse explodir, de tão infestado de gente que estava.

Mas esse meu medo era infundado, pois metade das pessoas que eu via já não estava mais neste mundo.

Não faço a menor ideia por que isso aconteceu, mas o fato é que eu vejo as pessoas vivas e as mortas, do mesmo jeito. Passei a infância bastante confuso até que, no começo da adolescência, assisti ao filme *O sexto sentido*. Ah, pensei, *então é isso, eu sou igual a ele* (não me refiro ao Bruce Willis, é claro). A partir de então, fui aceitando essa minha habilidade.

Por ver as pessoas mortas e as vivas da mesma maneira, percebi naturalmente que os dois grupos não são tão diferentes assim. Tanto entre os mortos quanto entre os vivos, há pessoas talentosas e pessoas sem talento. Então resolvi reunir pessoas das duas categorias que tivessem habilidades notáveis.

Saí do hotel e encontrei o vasto céu azul. O verão estava chegando ao fim. Táxis encostavam diante da porta do hotel um depois do outro, numa torrente. As pessoas corriam para dentro do edifício. Não deve haver tantos lugares assim, dos quais tanta gente faz questão de se despedir.

Não sei se foi por ter tido sucesso no meu convite para uma nova funcionária (certamente haveria muita demanda para enviá-la a projetos externos, mas eu também não acharia ruim se ela preferisse trabalhar na área interna da empresa) ou porque a volta, diferente da ida, era uma descida, mas quando saí meus pés pisavam o chão com leveza. Eu ainda ia passar na empresa, então resolvi levar alguns doces para compartilhar no intervalo das três horas.

Parei na sombra e pesquisei no celular uma boa confeitaria ali perto. Encontrei uma loja de doces tradicionais japoneses bem avaliada. Coloquei o endereço na navegação do Google Maps e segui as instruções narradas pela voz. Já podia imaginar a batalha feroz que elas armariam, disputando os *daifuku* de feijão-azuqui. Melhor comprar o máximo possível deles.

TIME SARASHINA

O TIME DA SARASHINA é fenomenal.

Nossa empresa se destaca por ser muito flexível em relação às funções de cada um, horários de trabalho etc. e tal, mas, em matéria de flexibilidade, ninguém se compara ao time da Sarashina.

Para começar, nesse time não há cargos definidos. Se for preciso usar algum nome, no máximo nos referimos a elas como "o time Sarashina" ou "o pessoal da Sarashina". Quando as instalações foram reformadas, há dois anos, Tei achou que não era certo um time que traz resultados tão extraordinários para a empresa não ter um local de trabalho próprio, então designou uma pequena sala a elas. Pessoalmente, tive a impressão de que o novo cômodo surgiu de súbito, entre o escritório e a Oficina de Produção n.º 5... Mas não chega a ser surpreendente, esse tipo de coisa acontece com frequência por aqui.

O time ficou encabulado com a novidade. Quando Tei propôs colocar uma placa na porta, todas negaram: "Ah, não, imagina, não precisa de uma coisa dessas, não tem necessidade, imagina, que exagero".

Sendo assim, a porta da sala passou um tempo sem nenhuma sinalização. Mas aos poucos acho que elas se acostumaram a ter um espaço próprio, porque uma hora colaram uma folha de papel escrito "Time Sarashina" com hidrográfica preta e vermelha. Vendo isso, Tei sugeriu novamente fazerem uma placa oficial, mas elas recusaram mais uma vez: "Ah, não, não, tudo bem, não é pra tanto, não precisa de tudo isso, assim tá ótimo".

Esse papel que diz "Time Sarashina" é decorado com uma colagem de folhas de bordo-japonês recortadas em papel vermelho e laranja. São um pouco tortas – talvez esse tipo de trabalho manual não seja o forte delas –, mas até que ficou bom. No entanto, se por acaso precisassem fazer esse tipo de decoração como parte do trabalho, sei que mesmo não sendo seu forte focariam nisso toda a sua concentração e determinação excepcionais e em um instante dominariam qualquer técnica necessária. É esse o diferencial dessa equipe e o motivo pelo qual ela é tão valorizada na empresa.

Se eu precisasse resumir o serviço do Time Sarashina, diria que é uma equipe de socorro. Elas entram na linha de produção se recebemos uma encomenda muito grande de repente, por exemplo, mas também participam de outros projetos. Alguns podem pensar que faz parte de suas tarefas entreter nossos clientes com jantares e coisas do gênero, mas na nossa empresa não há essa cultura insensata de bajular parceiros de negócios com festinhas.

Há outras duas pessoas que também têm muito destaque dentro da empresa, Tsuyuko e Yoneko, uma dupla que está sempre no topo de resultados do time de vendas. Elas assustam todo mundo com sua capacidade de fazer as pessoas agirem como elas querem. Mas a verdade é que às vezes passam um pouco da conta e, cá entre nós, podem dar certa dor de cabeça a Tei.

Pessoalmente, eu evito ao máximo trocar olhares com elas, pois basta um contato olho no olho para, no segundo seguinte, ver que o lanche que você tinha em mãos passou para as mãos delas ou algo assim. O curioso é que temos um novato chamado Shigeru que, talvez por ser uma pessoa tão distraída, parece imune aos feitiços dela. Sempre vejo as duas olhando feio na direção dele. Acho que essa imunidade não deixa de ser, em si, uma habilidade especial.

Bem, acabei desviando um pouco do assunto, mas voltando a ele: o que faz do Time Sarashina o nosso supertrunfo? É que elas trabalham perfeitamente em equipe e que seus serviços, além de rápidos, são sempre precisos. Qualquer projeto que conte com o pessoal da Sarashina desde o planejamento terá sucesso garantido. Se elas entram na linha de produção, é certeza que vamos quebrar os recordes diários. Se as enviamos para algum atendimento externo, os clientes sempre ficam satisfeitos, nas mais diversas circunstâncias. O feedback que mais recebemos desses clientes é que eles "sentem que podem contar com elas".

O Time Sarashina é composto de dez pessoas. A líder, Sarashina, costuma ser uma pessoa muito serena, mas quando o bicho pega, ela se transforma. A bem-humorada Iwabashi, sempre com o ruge carregado, é responsável por manter o astral do time, enquanto as competentes Nogiku e Matsushima botam o pessoal na linha quando preciso. Tatta, Wakaba, Matsukaze, Tamazaki e Tsuyushiba dão apoio eficiente e discreto a todas as atividades, e a senhora de mais idade no grupo, Tagoto, acompanha tudo com seus olhos brilhantes. É um time perfeito, do tipo que não podia abrir mão de nenhum membro.

Não importa o que aconteça, nem quão extraordinária seja a situação em que se encontram, elas sempre mantêm a mesma expressão inabalável no rosto. Acho que ninguém discordaria se eu dissesse que é impactante vê-las lado a lado, todas com esse ar perfeitamente composto. Só essa cena já dá vontade de admitir a derrota e erguer a bandeira branca. Nos locais onde são enviadas para trabalhar, pode acontecer de haver gente bem insolente ou até mesmo homens que, ainda hoje, praticam assédio sexual. Mas basta o Time Sarashina entrar em jogo para a maioria deles botar o rabo entre as pernas. E, se alguém continuar causando transtornos, a líder Sarashina explode, porque ela não tolera nenhum comportamento injusto. Esqueci de mencionar isso, mas ela costumava fazer parte de uma gangue. Não está para brincadeira.

Ninguém nunca viu o pessoal da Sarashina ficar estressado ou atrapalhado.

Certa vez, um composto explodiu na panela por causa de um erro nos ingredientes, e nem nessa hora elas mudaram de expressão. Impassíveis e sem trocar uma palavra, arrumaram tudo em minutos e retomaram a produção.

...

A origem do Time Sarashina é cercada de mistério. Há quem diga que Tagoto costumava ser a líder, até sentir que estava na hora de passar o bastão. Também já ouvi que as dez apareceram todas juntas desde a primeira entrevista de emprego... São muitas as teorias, e ninguém sabe dizer com certeza. Também não se sabe desde quando o time existe. Quando percebemos, o pessoal da Sarashina já estava aqui, resolvendo todo tipo de enrosco. Não devo ser a única pessoa que se pergunta como é que elas conseguiram alcançar tamanha coesão.

E os feitos não se limitam ao escopo profissional. Na nossa empresa não há equipes esportivas de funcionários (nós incentivamos que todos pratiquem os hobbies de sua preferência, então depois do expediente cada um faz o que quer, como aulas de tailandês ou práticas de yoga), mas nunca recusamos um convite para participar de competições esportivas entre empresas: basta encaminhar o convite ao Time Sarashina. É aí que elas realmente brilham e mostram todo o talento. Com uma dinâmica de equipe impecável como a delas, não é nenhuma surpresa que também arrasem como time esportivo. Sua especialidade é o vôlei – todo ano saem campeãs no campeonato interempresas. Às vezes, durante as partidas, a energia e determinação é deles tamanha que chega a parecer que o ar ao redor delas se move de forma diferente.

Seus times esportivos são sempre compostos das participantes que mencionei acima, e mesmo jogando contra times mistos ou masculinos, elas vencem. Não chegam a dizer com todas as letras, mas é evidente que o Time Sarashina gosta muito de ganhar, e ficam particularmente satisfeitas quando seus oponentes são homens. Teve uma única vez em que, ao vencer uma partida de basquete contra um time masculino de jovens robustos, perderam um pouco a compostura e sorriram. Nesse dia descobrimos que, quando o pessoal da Sarashina ri, é um pouco sinistro. Dá a sensação de que qualquer coisa pode acontecer. Depois da partida, alcancei Sarashina na porta de sua sala, tomei coragem e perguntei por que ela gostava tanto de ganhar.

– Gosto de mostrar do que somos capazes. – Foi sua curta resposta, enquanto secava impassível o suor do pescoço com uma toalha. Em seguida, todas desapareceram para dentro da sala com o semblante impassível.

A última competição de que elas participaram não foi esportiva, mas de dança tradicional japonesa. Pensei que, nesse caso, mesmo com seu histórico, o Time Sarashina recusaria o convite, mas elas não só aceitaram como mergulharam com tudo na prática dessa arte. Depois do trabalho, iam juntas para um estúdio e ensaiavam por no mínimo três horas, com uma dedicação realmente admirável. De onde será que elas tiram motivação para se esforçar tanto?

Eu fiz questão de ir assistir à apresentação. Nogiku, demonstrando um talento inesperado, fez um solo belíssimo acompanhada por uma dupla poderosa, Sarashina e Tagoto, que dançava com leques. No fim, o restante da equipe se juntou a elas e, com a mesma expressão composta de sempre, armaram uma pose final impecável. Aplaudi de pé essa performance, enigmática como sempre. Há quem imagine que, já que elas aprenderam a dançar, poderiam usar esse talento para entreter clientes em recepções privadas, mas repito que na nossa empresa não há essa cultura insensata de fazer festinhas para os clientes.

Infelizmente, nesse dia o Time Sarashina teve que se contentar com o segundo lugar (quem ficou em primeiro foi uma equipe impressionante, com mais de uma década de experiência), mas elas mantiveram a impassibilidade e se recolheram para o camarim. Não tenho dúvida de que vão tirar a desforra no próximo ano. Eu, de minha parte, renovei meu entusiasmo para acompanhar de perto as atividades desse time, como fã dedicado.

> * Na foto, vemos o Time Sarashina com sua expressão habitual, diante dos troféus e premiações que já receberam, expostos no corredor próximo à sala de visitas.

DIA DE TRÉGUA

ESTOU DEITADA NA CAMA, de barriga para cima. Depois de tomar café da manhã e dar uma geral no chão com o aspirador, resolvi descansar um pouco, e aqui estou desde então. Largada em cima do cobertor que tenho usado ultimamente, uma colcha coreana fininha que vi numa loja on-line e que me conquistou pela cor lilás. Daqui a pouco vai esfriar de verdade e vou precisar de um edredom mais quentinho. Preciso procurar um... E comprar...

    Há um tempinho, comecei a ouvir a balbúrdia das crianças na escola fundamental do lado de casa. Deve ser hora do almoço. Como o tempo voa. Eu devia aproveitar melhor meu dia de folga, ainda mais que hoje é quarta-feira e tem desconto para mulheres no cinema e nos restaurantes. Mas só de pensar em sair de casa eu já desanimo. Ainda nem troquei de roupa, continuo com o mesmo conjunto de moletom azul-claro da Hanes. Bem que podiam me chamar para almoçar com as crianças na escola, como sinal de boa vizinhança. Seria legal comer um cozido ou um *curry* de ingredientes misteriosos naquelas bandejas de metal, como nos velhos tempos. Com aquelas conservas esquisitas. Ai, que preguiça de fazer almoço. E de sair para comer fora, também.

    Gum está deitada em cima de mim. Nem reparei quando foi que subiu, porque ela sempre faz isso. Está deitada olhando para o meu rosto, com as patas apoiadas bem arrumadinhas no lugar em que, caso meus peitos tivessem algum volume, começaria o vale, a ravina profunda que deixa os viajantes em estado de alerta, pois precisa ser ultrapassada para chegar ao castelo. Mas o fato é que meus peitos só diminuem a cada ano, então os viajantes estão fadados a uma aventura bem tediosa.

Gum me encara fixamente, mas não por algum motivo em particular. Está apenas olhando. Só ela é capaz de me olhar desse jeito. Humanos não são capazes de se encarar desse jeito, sempre acaba surgindo algum tipo de significado. Ela está ronronando. Gosto muito de ficar assim junto dela. Dá uma sensação de tanta intimidade. Ela parece relaxada, mas é claro que não está largando todo o seu peso em cima de mim. Se fizesse isso, acho que eu morreria esmagada. Apesar de estarmos cara a cara, não dizemos nada, e estou pensando em um assunto totalmente diferente.

Estou pensando no Ōya.

Conheci Ōya recentemente, saímos pela primeira vez outro dia. Ainda não tenho certeza, mas acho que é uma ótima pessoa. Se me perguntassem o que ele tem de diferente dos outros, eu não saberia dizer direito. Qual será a diferença? Tanto ele quanto eu não passamos de pessoas comuns, nada mais... Mas com certeza ele tem algo de diferente.

Acariciando as costas de Gum, tento pensar no que Ōya tem de especial. Ela estreita seus olhos redondos, deve estar gostando do carinho.

O que eu mais gosto é o jeito tranquilo dele. Também gosto que suas mãos não são grandes demais nem pequenas demais. E das roupas que ele usa. Não sei, a presença dele me acalma. Mas e daí? Essas coisas não são muito importantes, não explicam meu sentimento.

Ouço soar na escola o sinal da hora da faxina, e em seguida começa a tocar uma música infantil meio truncada.

Eu realmente não entendo esse negócio de amor, de se apaixonar. É assustador pensar que a continuidade da raça humana ao longo de tanto tempo se baseia em algo tão incerto, tão ilusório. Para mim, a queda de natalidade parece inevitável, a situação até agora é que era excepcional. Tipo, parece que agora todo mundo está despertando. Acho que, se for o caso, tudo bem a raça humana se extinguir. Se a gente tiver que obrigar as pessoas a se reproduzirem, é melhor morrer todo mundo de uma vez.

Né, Gum? Dou uma coçadinha no lado direito do seu queixo. Ela inclina a cabeça, me convidando a coçar o outro lado também, e eu obedeço.

Eu não lido muito bem com essa sensação meio boa, meio ruim, de quando você percebe que vai começar a gostar de alguém, de quando vai se apaixonando devagar. Além do mais, às vezes desconfio que eu gosto mesmo é de ficar pensando sozinha, sendo que na verdade nem gosto tanto assim dele. Isso já me aconteceu outras vezes. Também não sei dizer se esse sentimento de gostar de alguém é amor ou não. Experimentei ler aqueles livros tipo "manuais do amor", mas nunca entendi direito o que dizem. Filmes e livros românticos também não ajudam muito. O fato de eu não me comover com histórias românticas torna a coisa toda ainda mais incompreensível. Não sei se esse negócio de amor é para mim ou não.

Fecho os olhos e sinto nas pálpebras o calor dos raios de sol que passam pela cortina de algodão indiano. Gum está respirando pelo nariz e sua expiração roça meu queixo. É um vento bem forte. O ar que ela exala alcança minha franja, cortada na altura das sobrancelhas, e sinto que ela se separa em dois. Faz cócegas.

Eu e Gum crescemos juntas, desde a infância. Quando pequena, ela era realmente minúscula, e eu a colocava na minha mão de criança e ficava vendo ela se contorcer entre as linhas da palma. Dava risada, porque fazia cosquinhas. Impressionante como você cresceu, hein, Gum?

Fui eu que dei esse nome. Eu escolhi porque a pele dela é grudenta e gelada, e a coisa mais parecida com essa textura viscosa é um chiclete mastigado. O primeiro nome que dei para ela foi Sapeca – sem originalidade nenhuma. Aí depois, quando a chamei de Gum, combinou muito, ela também pareceu contente. Crescemos lado a lado, eu chamando "Gum, Gum" toda hora. Cuidei dela como uma irmã mais velha faria.

Quando eu tinha uns 12 anos, comecei a perceber que me sentia muito mais confiante quando Gum estava comigo. Certo dia em que fiquei até mais tarde na escola, treinando com meu time, e só voltei para casa quando a rua já estava escura, dei com um homem todo de preto parado à sombra de um poste no caminho. Fiquei morrendo de medo, mas foi só chamar Gum que ela apareceu num instante. Mais tarde, quando estava na faculdade, teve uma época em que um colega de um clube do qual eu participava começou a me seguir de um jeito muito insistente, e mais uma vez tudo se resolveu graças a Gum.

Todas as minhas amigas também lidavam com situações semelhantes. Essas coisas aconteciam todo dia, como se fossem comuns, tentavam se misturar ao nosso cotidiano fingindo ser parte natural da vida. Sentada no refeitório, comendo milanesa com queijo ou algo assim, eu ouvia minhas amigas falarem de ocasiões em que depararam com tarados e pervertidos, e desejava do fundo do coração que todas elas pudessem contar com uma Gum. Gum sempre me protegeu.

Por isso, hoje em dia eu e Gum trabalhamos protegendo todo mundo. Damos auxílio às mulheres que sofrem com tarados, *stalkers* ou com os mais diversos ataques sexuais. É o trabalho perfeito para nós duas. Caminho junto delas ou acompanho a distância enquanto elas se deslocam pela cidade e voltam para casa. Em alguns casos, fico de tocaia.

Não demora para o homem em questão dar as caras, então basta eu convocar Gum e nós o encararmos juntas para o sujeito bater em retirada. Debandam numa correria louca, como filhotes de aranha. Hoje em dia eu e Gum somos parceiras de trabalho excelentes, por nos conhecermos tão bem.

De vez em quando acontece de aparecer alguém mais persistente, mas mesmo nesses casos é só Gum escancarar sua boca e exibir sua língua, capaz de agarrar qualquer ser humano sem dificuldade, que a pessoa perde a compostura. Há quem desmaie, há quem molhe as calças. Diante de oponentes tão patéticos, nem chega a ser necessário Gum exibir toda a sua força. Pensando bem, pode ser que eu mesma nunca tenha visto toda a sua força. Gum só observa em silêncio o mundo humano, contendo discretamente todo o seu potencial no seu corpo gigante. Talvez ela se choque com o que vê.

O problema é que não param de brotar por aí mais desses homenzinhos torpes, incapazes de controlar o próprio impulso sexual. A demanda por socorro nessa área é altíssima. Na nossa empresa todos os funcionários têm dois dias de folga por semana, mas mesmo nos dias em que não trabalho não consigo deixar de pensar nas mulheres que podem estar passando por dificuldades. Por isso sugeri à Kuzuha, chefe do meu departamento, de fazermos *workshops* para ensinar a arte de desenhar círculos mágicos como técnica de defesa pessoal. Digam o que quiserem, mas não há nesse mundo nada tão poderoso como alguém que, na hora do vamos ver, consiga desenhar um círculo mágico.

Para ser bem sincera, a verdade é que eu não aguento mais esse negócio de ficar fazendo cara feia para os homens junto com Gum. Sei lá, já estou por aqui. O que eu queria mesmo era poder só dar risada e me divertir: eu, Gum e quem quer que seja. Principalmente na vida privada – é isso que venho sentindo. Eu não quero fazer cara feia para o Ōya. O problema é que penso em tudo o que já passei, penso no que acontece com tantas mulheres, e sei que provavelmente não vai dar certo. E aí não consigo evitar, fico triste, fico brava e acabo desanimando logo de cara. Se é para ser assim, prefiro nem sair desse quarto, só ficar aqui matando o tempo junto com Gum.

Ela continua me olhando, deitada no meu peito. Deve estar com fome. Eu também estou, Gum. A escola vizinha já ficou quieta de novo. As aulas da tarde devem ter começado. Uma brisa balança as cortinas. Nos olhos negros de Gum, vejo meu reflexo, essa pessoa que já não consegue mais confiar nos homens.

Afago o nariz fino e bem esculpido de Gum e ela revolve o corpo marrom, decorado por belos padrões negros. Vislumbro a região amarelada que vai do seu pescoço até a barriga. A ponta do seu nariz está úmida. Na verdade, toda ela é úmida.

Não sei se por mudar de ideia ou porque de repente sua fome ficou forte demais, mas do mesmo jeito que subiu na minha barriga – sem motivo aparente – Gum desce e se afasta em direção à cozinha. Fico sozinha em cima da cama, com o moletom todo pegajoso pelo visco dela. Morando com Gum, a pilha de roupa para lavar nunca acaba. Meu estômago ronca alto, como se comemorasse por não estar mais esmagado sob a enorme barriga dela.

Ok. Não tem jeito.

Eu finalmente me levanto.

SE DIVERTINDO

QUE IDEIA, esperar três anos até o cabelo crescer!

É verdade que o cabelo comprido impressiona mais, dá para se descabelar bem na hora de assustar as pessoas, mas hoje em dia há perucas e várias outras opções. Isso de esperar três anos é pura bobagem.

Quando eu morri, já há muito tempo, rasparam minha cabeça, como era costume na época. Aí acordei no mundo pós-morte e fiquei arrasada por ter perdido meu precioso cabelo, que eu amava mais que a vida (sendo que eu já estava morta – vai entender). Precisei de muita coragem para ver meu reflexo no rio Sanzu. Só que, no fim, achei que a cabeça careca até que combinava bastante comigo e com aquela roupa branca que me vestiram. Por essa eu não esperava! Nunca tinha reparado enquanto viva, mas minha cabeça tem um formato bonito.

Antes de eu morrer, a ideia de meu marido ter uma nova esposa me deixava muito mal, eu ficava tristíssima. Mas quando aconteceu e eu morri, deixei de me importar com isso. Foi como se um encosto me largasse. As pessoas dizem que aparições são amarguradas e tal, mas descobri que isso não passa de preconceito. Se eu for comparar, sem dúvida era muito mais rancorosa quando estava viva.

Só que meu marido tinha dito que se ele arranjasse outra esposa era para eu voltar e assombrar os dois, então achei melhor dar um oi, pelo menos. Na minha opinião ele se casou de novo bem rápido, mas fazer o quê, se é do tipo que não consegue fazer nada sozinho. Consigo até ver minha sogra toda aflita, procurando uma esposa nova pro seu querido filhinho único. Quando eu adoeci, ela ficou muito chateada, de verdade.

    Se eu fosse esperar até meu cabelo crescer de novo, ia levar uns três anos e, como eu disse no começo, achei que era bobagem. Resolvi aparecer assim mesmo, de cabeça raspada. A verdade é que eu sou bem preguiçosa, sabe? Enquanto viva eu me esforçava ao máximo para ninguém perceber, mas agora que já estou morta faço o que bem entender. Minha casa estava igualzinha a antes. A única diferença é que a mulher deitada ao lado do meu marido, debaixo do cobertor fino, não era eu. A esposa nova dormia profundamente. Não consegui ver seu rosto, mas também não fiz questão. Cutuquei o ombro do meu ex-marido para acordá-lo. Não foi difícil. Eu esperava que ele levasse um susto ao me ver com o cabelo raspado, mas ele caiu na risada:

    – Pô, ficou bom!

    Quer dizer, claro que não foi bem assim que ele falou, porque os tempos eram outros, mas, trazendo para a linguagem de hoje, seria meio que isso. Eu também ri, um pouco sem jeito, e passei a mão na cabeça, sentindo a textura gostosa.

    – Você não tinha visto no funeral?

    – Ah, tinha, mas naquele dia eu não estava com cabeça pra isso. Estava tão triste por você, mal me aguentava.

    – É mesmo? Obrigada. Bom, como você pode ver, eu até que estou bem, então aproveita você também, tá?

    – Tá bom.

    – Até.

    – Até.

    E assim nos despedimos mais uma vez. Acho que foi uma despedida melhor do que a primeira. Na primeira, eu estava à beira da morte – inclusive morri logo em seguida – e ele estava um bagaço, pela tristeza e pelo cansaço de cuidar de mim. Pensando bem, acho que nós dois ficamos meio desorientados com aquela tragédia que se abateu de repente sobre nós. E, se me perguntassem agora, eu diria que é difícil ser *cool* nesse tipo de situação.

Desde então eu mantenho esse estilo careca. A moda mudou muito ao longo das várias épocas, e acho que talvez a atual seja a que mais combina com o cabelo raspado. Ando com as duas orelhas cheias de *piercings*, vestindo uma camiseta velha de banda e jeans pretos rasgados. Nos pés, botas Dr. Martens. Uso um batom vermelhão e carrego no delineador. E há muitas outras mulheres como eu neste mundo. Finalmente os tempos alcançaram meu estilo. Demorou, hein?

Culturalmente, também gosto das coisas atuais. Deve ser o que se chama de cultura pop, eu acho? Ouço muita música, vejo mil filmes. Aliás, recentemente fiquei me achando quando vi que a Furiosa de *Mad Max: estrada da fúria* tinha o mesmo cabelo que eu. Achei tão bacana que fui ao cinema quatro vezes para ver esse filme. Fiquei flutuando tranquila por cima dos corredores e das cadeiras, admirando a performance da Furiosa. Enquanto as pessoas estavam com os olhos fixos na tela, engolindo a seco, eu aproveitava para provar as pipocas carameladas e refrigerantes delas. Foi bem legal.

...

A minha esposa parece estar se divertindo tanto depois de morta que eu não consegui ir falar com ela até agora. Foi a minha primeira esposa. Tinha a saúde muito frágil em vida e faleceu não muito tempo depois de nos casarmos – talvez por isso ela pareça tão mais cheia de vida agora, depois da morte.

Na verdade nós estamos trabalhando no mesmo lugar, mas é uma empresa bem grande, ela ainda nem reparou que estou aqui. Acho meio impressionante que ela não tenha percebido. Outro dia mesmo a gente se cruzou no corredor, mas ela estava com uns fones de ouvido enormes, dava até para escutar a música vazando deles, e passou cantarolando sem nem olhar em minha direção. E não é que ela esteja me ignorando de propósito, não. É que agora ela é *punk* – o tipo de pessoa que não fica olhando para cada um que passa nem distribuindo sorrisos. Eu respeito esse estilo. E, acima de tudo, fico feliz de ver que ela está aproveitando tanto.

Agora entendo porque ela estava tão tranquila naquele dia, quando eu ainda era vivo, em que apareceu do lado da minha cama e falou que estava bem e que era para eu aproveitar também. Na época achei meio insensível, sabe? Queria mesmo era que ela ficasse sofrendo de amores por mim para sempre. Onde já se viu, pensar uma coisa dessas sendo que eu tinha uma nova esposa dormindo ao meu lado...

Ela trabalha em um departamento que lida com vários segredos corporativos, uma área cercada de mistérios, enquanto eu só lido com tarefas administrativas bem corriqueiras, checagem de estoque e coisas do gênero. Não tenho nenhuma habilidade excepcional. Depois que morri, isso ficou muito evidente. No fundo, nem sei dizer o que eu fazia enquanto estava vivo. As pessoas resolviam todas as coisas para mim, justificando com "ah, você é homem, é que você é homem". Quando minha primeira esposa morreu, logo me arranjaram outra. Enfim, cuidavam de tudo. Eu achava natural que tudo fosse assim e – tenho vergonha de admitir – nunca nem parei para pensar a respeito. Refletindo agora, não tenho nenhum registro de ter trabalhado de verdade. Não sei onde eu estava com a cabeça, falando sério.

Mas gosto do trabalho que tenho hoje. Não sei se é pelo contraste com os hábitos desregrados que eu tinha antes da morte, mas para mim todas essas tarefas consistentes, que precisam ser feitas com precisão, parecem novidade. Acho até divertidas. No fim das contas, acho que eu também queria fazer as coisas direito.

    Aqui na empresa trabalham pessoas vivas e pessoas mortas, na mesma proporção. Além de algumas pessoas especiais que estão entre uma coisa e outra. A maioria dos vivos não nos veem, claro. Com certeza ficariam muito surpresos se soubessem a quantidade de gente que circula dentro desse prédio o dia todo. Trabalhando aqui, fico pensando como as pessoas mortas parecem mais animadas do que as vivas. É justamente o caso da minha falecida esposa. Os vivos estão sempre diante dessa grande barreira: se algo acontecer, pode ser que você morra. Essa coisa de ter um corpo físico e mortal restringe muito a existência da pessoa. E para piorar ainda tem a sociedade e tudo o mais, que deixa a vida mais limitada ainda. Eu morro de pena das pessoas vivas. Não digo isso para me justificar, mas acho que, se eu não prestei para nada enquanto vivo, foi em parte por culpa da sociedade. Se bem que naquele tempo acho que nem existia a palavra "sociedade".

    Eu estava sentado em um banco do pátio depois do almoço, tomando um café em lata, e jurava ter acabado de ver o senhor Tei passar em um corredor no primeiro andar, quando ele apareceu bem na minha frente, do nada. Levei um susto dos infernos. Ele faz muito esse tipo de coisa, brota quando a gente menos espera. Também tem uma carga de trabalho que não é brincadeira, às vezes eu me pergunto se é fisicamente possível ele fazer tanta coisa.

    – Agh! Senhor Tei, fala a verdade, existem quantos do senhor? – brinquei.

    – Só um, mesmo – disse ele, absolutamente sério. – Como vai o trabalho?

    – Bem divertido! – respondi com sinceridade e sorri sem nem me dar conta.

– Me alegra ouvir isso.

Vi a leve sombra de um sorriso em seus lábios, mas ele manteve a inexpressividade de sempre.

– E o senhor?

– Eu o quê?

– Como o senhor se sente em relação ao trabalho? Acredita que é importante ter um planejamento profissional, um modelo claro de negócios, esse tipo de coisa?

Eu tinha acabado de ler um best-seller da área de negócios e quis pôr logo em uso as novas expressões que aprendi.

– Planejamento e modelo de negócios...? – Ele franziu o cenho por trás dos óculos de aros pretos. – Eu diria que o mais importante, acima de tudo, é extrair o máximo possível dos ricos.

Eu não esperava por uma declaração tão inquietante.

– E restituir aos pobres, de diversas formas. A desigualdade entre ricos e pobres sempre me incomodou.

Dizendo isso, Tei se despediu com uma mesura e se afastou em direção ao portão principal. Sem que eu me desse conta, ele tinha enrolado um cachecol no pescoço e carregava uma pasta de trabalho. Terminei de tomar minha lata de café, pensando que aquela era uma pessoa bem peculiar.

...

Depois de morto, meu marido parece estar se divertindo bastante no trabalho, então eu só observo discretamente o que ele faz. Fico feliz, porque quando estava vivo ele deixava tudinho por minha conta. Pensando agora, sinto que talvez devesse tê-lo pressionado mais, contestado se ele achava tudo bem viver daquele jeito, exigido meus direitos e tal, mas na época eu não questionava nada daquilo. Éramos dois tontos, mesmo.

Apesar disso, ele não é má pessoa, então eu até podia ir falar com ele. Mas sei lá, tenho a impressão de que seria sem graça a gente ter, depois de mortos, a mesma relação que tivemos em vida. Prefiro deixar por isso mesmo. Além do mais, a ideia de ficar cheia de grudes com alguém me dá preguiça.

Parada ao lado da janela, tomando meu *chai latte* pelo canudo, fico olhando meu ex-marido sentado no pátio. Nada indica que ele vá descobrir minha presença na empresa. A topografia do prédio é meio difícil de acompanhar – o edifício fica aumentando e encolhendo de uma hora para a outra – e, mesmo para os parâmetros daqui, meu departamento fica num canto particularmente escondido. Não estou autorizada a revelar detalhes das minhas funções, mas em linhas gerais posso dizer que trabalho na área de pesquisa e desenvolvimento. Não vou mentir – às vezes penso que gostaria de ter alguma habilidade mais legal, como me transformar, usar técnicas e feitiços como os grandes nomes aqui da empresa. Mas não adianta lamentar, estou satisfeita assim. Inventar coisas novas é ótimo, e além do mais eu gosto de usar jaleco. Fico muito bem de branco.

Depois de morta, percebi que aquele marido que eu amava tanto tinha se tornado um estranho para mim. Foi uma grande surpresa. O fato de que ele faleceu primeiro e eu pude aproveitar bem minha segunda vida de solteira faz com que ele pareça ainda mais desconhecido. No começo lamentei direitinho a morte dele, passava as noites chorando, *oh, por que você me abandonou aqui sozinha*, e coisa e tal. Mas com o tempo acabei percebendo que era bem mais tranquilo viver daquele jeito. Muito menos serviço de casa, para ser sincera.

Então talvez seja exagero dizer que presto muita atenção no que ele faz. Reparo nele às vezes, só isso. Vi que ele também não foi falar com sua primeira esposa ainda, então desconfio que sinta o mesmo que eu. Acho que está tudo bem assim. Todo mundo está feliz, cada um se divertindo do seu jeito. Não tenho do que reclamar.

    Bebo com gosto mais um gole do meu *chai* da Starbucks enquanto vejo, no pátio distante, meu marido jogar a lata vazia de café no lixo e se afastar. O clima já esfriou bastante, mas continuo preferindo meu *chai* gelado.

A VIDA DE ENOKI

TEVE UMA ÉPOCA em que Enoki ficou muito confusa.
Tudo começou de repente. Sem nenhum aviso prévio, ela começou a receber um monte de visitas, cada dia mais gente. Todos vinham reto em sua direção, determinados. Primeiro, ela não entendeu por que estavam ali. Depois, quando descobriu o motivo, ficou horrorizada.
Enoki tinha noção de que seu corpo era um pouco diferente, pois, na parte inferior do tronco, havia dois calombos. Mas ela achava normal – afinal, todas as coisas e todas as pessoas têm suas particularidades, aquilo não era nada de mais. Era o que se chamaria, hoje em dia, de "individualidade". Enoki não dava muita atenção a esses seus calombos, que não eram nada dignos de nota, apenas calombos.
Acontece que as pessoas começaram a dizer que ela era especial. Acreditavam que os calombos não eram comuns. Reverenciavam essas protuberâncias e levavam consigo, muito gratas, a seiva que escorria delas. O que tinha dado em toda essa gente? Enoki observava, atônita, aquele comportamento insano.
Dentre todos, as mulheres eram as mais agoniadas. Enoki olhava para elas, as mãos juntas diante do corpo, a cabeça pendendo, o desespero estampado no rosto, e não conseguia compreender. Ela nunca chegou a se acostumar de verdade com o comportamento daquelas pessoas, mas no começo, quando aquilo era ainda mais misterioso,

chegou a sentir raiva. O que vocês estão fazendo aqui assim, do nada?!

Quando descobriu que os humanos estavam comparando seus calombos a seios e sua seiva a leite materno, foi um choque. *Que nojo*. Até hoje, quando ela se lembra daquele momento, não tem outras palavras para descrever o que sentiu. Que nojo.

Rezava a lenda que a seiva de Enoki, chamada de "orvalho doce", era abençoada e que a produção de leite das mulheres aumentaria se molhassem seus mamilos com ela.

Que ideia absurda!!

Diziam também que esse "orvalho doce" era igual a o leite materno das mulheres, então mulheres que não tivessem leite poderiam dar essa seiva a seus bebês e eles cresceriam fortes e saudáveis.

Outro absurdo!!

Enoki protestava mentalmente e agitava suas folhas em repúdio ao ouvir os despropósitos que as pessoas falavam nos jardins do templo, mas ninguém percebia. Não tinham olhos para isso, obcecados como estavam com os calombos e a seiva de Enoki.

Os seres humanos gostam muito de fazer comparações, de representar uma coisa por outra. Enoki sabe disso. Dá para dizer que reside aí a origem de todas as religiões. Não é necessariamente uma coisa ruim. Mas quando a comparação em questão era entre as protuberâncias de seu próprio corpo e os seios de mulheres humanas, aquilo a deixava muito desconfortável. Seus calombos eram só calombos, e sua seiva não era orvalho doce porcaria nenhuma. Pelo contrário, a própria Enoki chegava a ficar preocupada se não era má ideia dá-la para os bebês – podia ser prejudicial à saúde. Mas os humanos queriam de qualquer jeito se agarrar à ideia de que aquela árvore tinha poderes nos quais nem ela mesma acreditava.

Depois de muitos anos refletindo sobre o desagrado que sentiu naquele tempo e que não conseguia explicar direito, Enoki concluiu que o que a incomodava era o hábito humano de impor, com seu olhar, significado às coisas da natureza. Se as pessoas colhem vegetais que parecem partes do corpo humano, ficam mostrando por aí e comentando que são indecentes, às vezes chegam até a mostrá-los na TV – sendo que é só o olhar humano que torna obsceno aquele objeto natural. Comparam a consistência do macarrão *udon* com o corpo das mulheres, dão nomes femininos para variedades de frutas... Com o conhecimento que reuniu ao longo dos anos, Enoki concluiu que os humanos são criaturas que gostam de dar conotação sexual a qualquer coisa. Não tem jeito. São uns tontos.

E a gota d'água foi olharem para Enoki, que não era mãe nem nada, e saírem dizendo que ela tinha leite materno. A própria expressão "leite materno" soava mal para ela. Era algo perigoso, que ao menor vacilo podia trazer muita infelicidade. Enoki não sabia explicar por quê, mas intuía isso e não queria que ser envolvida nessa bagunça.

O sofrimento das mulheres, por sua vez, não tinha a ver com tudo isso. Seu sofrimento era muito genuíno. Até hoje ela se lembra bem do rosto das moças que a visitaram naquele tempo. Enoki sentiu pena delas, que não podiam contar com a fórmula infantil. A crença no leite materno continua sendo bem enraizada hoje em dia e sem dúvida as mulheres seguem sofrendo por isso, mas com a fórmula a situação melhorou um pouco, pelo menos. Faz muita diferença ter um substituto com o qual contar. É importante ter opções. Era por falta delas que aquelas mulheres sofriam.

Falando nisso, antigamente houve uma mulher chamada Okise, que foi estuprada por certo homem depois que ele ameaçou matar seu bebê se ela não cedesse. Após estuprá-la repetidas vezes, esse homem assassinou o marido de Okise e tomou o lugar dele. Só isso já seria uma história terrível, mas, para piorar ainda mais, toda essa tragédia fez com que Okise deixasse de produzir leite. Seu novo marido declarou que, já que ela não tinha mais leite, deveriam dar o bebê a outra pessoa, e assim ela foi separada, aos prantos, de sua criança. Imagina se existisse fórmula naquele tempo? Ela poderia responder tranquilamente "não, tudo bem, eu dou fórmula" e continuar com o filho nos braços, pronto. O sujeito ia perceber que seu plano era fraco e ficar quietinho.

O homem entregou o bebê a um velho criado, ordenando que ele matasse a criança. Só que, como costuma acontecer, a fofura do bebê conquistou o velhinho, que decidiu criá-lo às escondidas. Sua maior dificuldade era providenciar leite materno. Essa era a única questão que ele não tinha como resolver sozinho. Foi se virando graças à generosidade das mulheres com quem cruzava, até que um dia ouviu rumores sobre Enoki e foi vê-la. Foi através desse velhinho que a árvore soube da história de Okise.

Mamando o "leite" que saía dos "seios" de Enoki, o bebê de Okise cresceu forte, o que aumentou ainda mais a fama da árvore e a elevou ao status de lenda. Mas Enoki continua achando que aquilo era conversa fiada. Não era possível, não fazia o menor sentido. Sem dúvida estavam dando alguma outra coisa para a criança. Pelo menos, é o que ela queria acreditar. Sua seiva não tinha tanto poder.

Okise, por sua vez, ainda pariu um filho do novo marido, mas o bebê acabou morrendo por falta de leite. Por fim, surgiram abcessos nos seus seios, ela enlouqueceu e morreu. Por que é que, depois de já ter sido estuprada e ter tido seu filho roubado, uma mulher precisa sofrer um destino tão cruel? Por que tantas dores precisam passar pelos seus seios, uma depois da outra? Os deuses só podem estar de sacanagem.

O caso de Okise é só um exemplo – Enoki nunca seria capaz de compreender toda a extensão do sofrimento e da tristeza que acometiam as mulheres em relação ao leite materno. Elas se agarravam à seiva pegajosa como o último raio de esperança. Enoki sentia, através da casca grossa, o fervor que emanava do corpo dessas mulheres. Sentia a maciez e a força dos seios delas, que não tinham nenhuma semelhança com os "seios" duros e ásperos da árvore. Comparar as duas coisas era uma ofensa a essas mulheres. Enoki não suportava assistir àquilo. Não podia fazer nada por aquelas mulheres que esperavam ser salvas por um poder sobrenatural inexistente. Mesmo sabendo que não era culpa sua, ela sofria.

Hoje em dia, quase ninguém visita Enoki. Ela é apenas uma relíquia do passado distante. No máximo, às vezes aparece algum excêntrico que gosta desse tipo de história, fica animado ao encontrá-la, tira umas fotos e vai embora. Enoki não vê mais mulheres desesperadas. Imagina que elas ainda existam, mas pelo menos não precisam mais da sua ajuda. Nem por um segundo acreditou ter de fato o poder que lhe conferiam, mas, caso tivesse, daria para dizer que ela foi a fórmula infantil daquele tempo. Pensando dessa forma, talvez ela seja capaz de aceitar, pela primeira vez, a balbúrdia insensata que a cercou durante aquele período.

O pátio do templo está deserto. Um pássaro canta em algum lugar, bem longe. O vento sopra e agita, indiferente, as suas folhas. Nada nem ninguém presta atenção nela. Os dias passam. As estações mudam. Enoki não se sente só. Pelo contrário, está aliviada. Finalmente liberta da pressão. Sua seiva é apenas seiva e os calombos apenas calombos, como sempre foram. Enfim, Enoki pode ser apenas uma árvore.

A JUVENTUDE DE KIKUE

– UM, DOIS, TRÊS, QUATRO... – Uma bicicleta passa da direita para a esquerda diante da vitrine, tocando alto seu sininho, e por um instante Kikue quase perde a conta, mas se concentra e mantém o foco. – Cinco, seis, sete, oito, nove...
　Ela apoia os pratos e se espreguiça. Com essa, já contou três vezes.
　– É, está faltando um, mesmo.
　A guia de entrega dos produtos diz claramente que a caixa deveria conter dez.
　Kikue encara os nove pratos sobre a mesa. Ela se encantou por eles em uma feira de produtos, um ano antes. Seus olhos brilharam ao ver essa série de pratos decorados com desenhos graciosos de plantas e animais. De fato, eles fazem muito sucesso na loja. Sempre que recebe uma nova entrega, ela posta no blog e no Instagram, e logo aparecem clientes para escolher seu preferido e levá-lo para casa. Dá para dizer que é o item mais popular da loja. O fato de serem desenhados à mão por uma ilustradora nova e promissora e a demora para repor o estoque aumentam ainda mais a procura. E agora, quando ela finalmente recebeu uma nova leva, está faltando um...
　Bom, não tem jeito. Kikue queria colocar logo os pratos à venda, mas é obrigada a devolvê-los para a caixa, abrir seu pequeno notebook e mandar um e-mail para o responsável informando que a entrega veio com um item a menos.

Depois de apertar "enviar", ela respira fundo. Sempre fica um pouco nervosa quando precisa mandar esse tipo de e-mail. É uma mulher gerenciando sozinha uma loja pequena, então às vezes os fornecedores não a levam a sério ou não dão atenção ao que ela diz. Nesse aspecto, não é muito diferente de quando trabalhava em uma empresa. Até hoje ela só falou com uma pessoa da empresa que faz os pratos, por e-mail, e tudo o que sabe é que deve ser um homem, pelo nome Yuta. Tomara que ele acredite nela.

Tem certeza que estava faltando mesmo? Não foi você que quebrou e depois escondeu, não?

Kikue imagina um tiozão mal-humorado olhando-a com desprezo e desconfiança. É sempre melhor imaginar logo o que pode haver de ruim para aliviar o choque caso algo desagradável aconteça. Kikue adquiriu esse hábito, de já se garantir de antemão e construir uma barreira protetora, ao longo de seus quase 35 anos de vida.

Será que esse Yuta é mesmo um tiozão como estou pensando?

Kikue encara o nome na tela. Mesmo que ele seja, agora ela não vai se surpreender nem ficar magoada, porque já imaginou tudo direitinho.

Ela fecha o computador e segue organizando nas prateleiras os produtos que já verificou e que foram entregues na quantidade certa. A pequena loja tem cerca de quinze metros quadrados, com prateleiras de madeira embutidas nas paredes laterais, uma grande mesa de madeira cheia de cerâmicas, artigos de tecido e afins no centro e, ao fundo, um balcão com o caixa, onde Kikue passa boa parte do tempo. Foi ela mesma quem pintou as paredes de reboco branco quando montou a loja. No começo achou que tinham ficado claras demais, mas agora o tom já havia suavizado e dava uma atmosfera agradável ao ambiente. Quando reformaram o castelo de Himeji, que pode ser visto de qualquer lugar da cidade, foi igual. Muita gente ficou chocada achando que o castelo estava muito branco e brilhante, mas agora, dois anos depois, ele estava na cor ideal. É preciso observar as coisas por um tempo para avaliá-las.

Num trecho próximo à vitrine da loja, a parede avança um pouco para o interior do espaço. Isso estraga o equilíbrio do ambiente e incomoda Kikue, mas não há o que fazer, pois atrás dessa parede se esconde uma das colunas de concreto que antigamente sustentavam o monotrilho de Himeji.

O monotrilho foi oficialmente fechado no ano em que Kikue nasceu, mas a essa altura já fazia algum tempo que ele não funcionava. Então Kikue nunca tinha andado de monotrilho naquela cidade. Apesar disso, ele sempre fizera parte de seu cotidiano. Inaugurado na década de 1960, o pequeno trem suspenso fazia um percurso de um 1,8 quilômetro entre a estação de Himeji e Tegarayama, a oeste. Só operou durante oito anos. Seu fracasso não era nenhuma surpresa, já que a distância que percorria podia facilmente ser coberta a pé. E para piorar a passagem era cara, então todo mundo preferia caminhar. Quando Kikue soube desses detalhes, depois de adulta, achou que aquilo parecia uma piada de mau gosto. Onde o prefeito estava com a cabeça?

Em Tegarayama ficavam o aquário, o jardim botânico e o Centro Cultural, e qualquer pessoa da cidade que tivesse feito algum tipo de curso certamente já se apresentara no auditório de lá. Kikue, que estudara piano até a adolescência, tinha participado de muitos recitais no Centro Cultural. Para chegar em Tegarayama, bastava seguir as colunas do monotrilho. Parece mentira, mas o fato é que, mesmo depois que ele parou de funcionar, sua estrutura permaneceu no mesmo lugar através das décadas, porque custaria muito caro demolir tudo. Então, se a Bruxa Boa do Norte aparecesse em Himeji, em vez de falar para seguirem a estrada de tijolos amarelos, provavelmente usaria como referência as ruínas do monotrilho. Se guiando por elas, não há como se perder.

Kikue deixou Himeji antes dos 20 anos. Foi fazer faculdade em outra província e depois arranjou um emprego em Osaka. Vinha visitar de vez em quando, mas a casa de seus pais ficava ao norte do castelo, então era raro ela passar pela região do monotrilho.

Sua mãe tivera um salão de cosméticos no mesmo local da loja. O tipo de comércio comum em cidades do interior, onde ela vendia produtos e dava conselhos de maquiagem às mulheres do bairro. Nas memórias de infância de Kikue, a loja estava sempre lotada de mulheres de meia-idade. Quando sua mãe anunciou ao telefone que estava pensando em fechá-la, Kikue não pensou duas vezes. Ela não tinha muitas economias, mas sabia que o aluguel daquele espaço era extraordinariamente barato. Se voltasse a morar na casa dos pais, poderia alugá-lo por menos do que pagava no seu apartamento de solteira.

Kikue pediu demissão, reformou o imóvel da loja fazendo o máximo possível com as próprias mãos e abriu ali uma lojinha de miudezas. Estava cansada de trabalhar numa empresa gigante. Queria um lugar que ela fosse capaz de administrar tudo por conta própria. Se o projeto desse com os burros n'água, pensaria o que fazer em seguida.

Entretanto, quando voltou à loja depois de tantos anos e viu a coluna do monotrilho, que olhando da rua parecia invadir o espaço, deixou escapar uma exclamação de surpresa. Aquilo sempre foi tão esquisito assim? Kikue duvidou dos próprios olhos. Além disso, toda a construção estava bem delapidada.

Aquele trecho da rua era ocupado por uma sequência de estabelecimentos, todos do mesmo tamanho – um restaurante de *lámen*, um salão de cabeleireiro, coisas assim –, e no meio de todos davam as caras as colunas do monotrilho, como chaminés. Do lado oposto da rua fora construído um prédio de apartamentos moderno, com portão automático, mas do seu lado da rua o tempo parecia ter parado.

Um pouco adiante, para além desse trecho de comércio, ficava o edifício Takao, um prédio de apartamentos que abrigara a plataforma da antiga estação de monotrilho Dai Shogun. Agora ninguém mais morava ali, o edifício era apenas uma ruína. As colunas ao redor dele, cobertas de hera e folhas, pareciam estar se transformando num monstro vegetal.

Depois de cruzar uma avenida, passar por lojas de conveniência e um novo prédio residencial em construção, ainda se encontram trechos do trilho e algumas colunas brotando ao longo do rio Senba. Nessa região, perto de onde passa o trem-bala Sanyou, os moradores usam as colunas como bem entendem. Pregam placas de proibido jogar lixo, apoiam treliças onde crescem ipomeias, plantam hortas caseiras no espaço ao redor das colunas. Esses usos devem ter se estabelecido pouco a pouco. Por que será que ela não achava estranhos esses restos do monotrilho, quando criança? Óbvio que era um negócio esquisito. Seria simplesmente o fato de que há coisas que só começamos a enxergar de repente, quando mudamos de cidade ou envelhecemos?

Um dia, pouco tempo depois de ela voltar para Himeji, seu namorado de Osaka tirou uma folga no meio da semana para vir visitá-la e os dois foram até o aquário, andando ao longo do monotrilho abandonado. Agora eles já não estão mais juntos, mas naquele dia fizeram o curto percurso caminhando devagar, de mãos dadas. Estava nublado. O namorado, que ficara sabendo do monotrilho na internet, ficou impressionado e tirou muitas fotos. Estava tão interessado nas ruínas que, quando Kikue perguntou onde ele queria ir, ele escolheu conhecer o monotrilho antes mesmo de visitar o castelo de Himeji.

De fato, o monotrilho de Himeji era muito famoso entre pessoas interessadas em ferrovias e ruínas. Turistas indo e vindo diante da sua loja com enormes câmeras a tiracolo faziam parte do cotidiano de Kikue. Alguns lançavam olhares fascinados para o interior da loja, atravessada pela coluna. Kikue os reconhecia num instante, porque seus olhos não pousavam nos produtos que ela escolhera um por um com tanto carinho, mas sim no pedaço da parede que se projetava para dentro da loja. Os restos do monotrilho vinham sendo removidos pouco a pouco ao longo das décadas, mas recentemente a demolição estava ganhando fôlego e acelerando, então parecia haver ainda mais gente querendo ver as ruínas enquanto havia tempo. Era bem possível que no futuro todo aquele trecho onde ficava a loja de Kikue também fosse posto abaixo. Quem sabe seu namorado tinha vindo para Himeji mais para ver as ruínas do monotrilho do que para encontrá-la.

Os dois passearam pelo aquário, que Kikue não visitava desde criança. Ficou surpresa quando ele contou que a entrada do aquário, que ficava em um planalto, fora antigamente a estação final do monotrilho. Ela não fazia ideia.

Do corredor suspenso do aquário dava para ver onde as últimas colunas do monotrilho se interrompiam. Era fácil imaginar o trilho-fantasma que conectaria aquele ponto ao lugar onde ela estava. Achou triste aquela imagem, algo interrompido no meio do caminho, apesar do destino final continuar ali. Era como se sua cidade tivesse um membro fantasma cuja ausência deixava um vazio. Entretanto, se tudo desaparecesse por completo, não se saberia mais da ausência e não seria mais triste.

Para quem havia se habituado aos aquários de cidade grande, como o Kaiyukan, em Osaka, aquele era bem sem graça. Ainda assim, algumas seções os deixaram embasbacados. O mais chocante foi a exposição de espécimes conservados. Os recipientes cheios de formaldeído dispostos lado a lado continham coisas como uma salamandra sem cabeça com a legenda "Cadáver de salamandra-gigante-do-japão decapitada" ou metade de um corpo identificado como "Salamandra-gigante-do-japão devorada por um membro da mesma espécie".

O texto explicativo desta última dizia o seguinte:

> Em 1996, esta salamandra de 35 centímetros que vivia no criadouro foi devorada e em seguida regurgitada por um espécime grande (de 80 a 117 centímetros) da mesma espécie.

— Sei lá, acho que isso vai me deixar sequelas na alma... — murmurou o namorado, atônito, enquanto eles desciam as escadas saindo dessa seção.

Kikue, que sentira precisamente o mesmo, concordou com a cabeça.

Na parte do aquário em que os visitantes podiam encostar nos animais, onde ela se lembrava de tocar em estrelas-do-mar e pequenos peixinhos, agora havia uma grande piscina com tubarões e solhas, e várias placas enfiadas dentro da água advertiam: "Cuidado, nós mordemos!".

No jardim botânico, que também não visitava havia tempo, Kikue encontrou uma quantidade inesperada de plantas carnívoras acompanhadas de explicações elaboradas ilustradas à mão. Ela se lembrou que, quando era criança e visitava esse jardim, adorava encostar nas mimosas sensitivas e ver as folhas reagirem ao seu toque e se fecharem. O jardim botânico parecia ainda mais largado do que naquele tempo.

— Sua cidade é meio esquisita, hein — comentou o namorado, rindo, enquanto eles caminhavam de volta para a estação, seguindo mais uma vez as ruínas do monotrilho.

Era verdade. A cidade parecia ter gastado toda a sua exuberância no castelo de Himeji, enquanto os outros lugares eram meio arremedados. Kikue ficou feliz ao ver que ele compreendia o vago estranhamento que ela sentia desde criança. Mas, no fim das contas, apesar de nem viverem tão longe um do outro, os dois acabaram se separando.

Uma cliente entra na loja e Kikue a cumprimenta com uma pequena mesura. Então percebe que não está tocando música ambiente e se apressa em dar play no iPod. Começa a soar a voz adocicada de Blossom Dearie. Essa foi uma das coisas que Kikue descobriu depois de abrir seu negócio: quando você vira dona de uma lojinha de miudezas, começa a tocar o tipo de música que sempre ouviu em lojas assim. É inevitável.

A cliente vai pegando de qualquer jeito algumas coisas para olhar – colheres de madeira, canecas –, mas devolve todas para onde estavam e logo sai. Kikue sente uma pontadinha no peito. Era para ter aprendido algo vendo sua mãe trabalhar, mas foi só quando chegou a hora de abrir a própria loja que ela se deu conta de quão sociável e comunicativa era sua mãe, que agora passava os dias em casa, assistindo a seriados estrangeiros até enjoar.

Kikue não conseguia se habituar a essa situação de ter pessoas desconhecidas entrando assim, sem cerimônia alguma, no espaço que ela criara com tanta dedicação. Só que essa é a essência de uma loja... Pelo visto, ainda levaria um tempo até ela ser generosa o suficiente para declarar "esta sou eu, podem entrar, olhar à vontade, ir embora quando quiserem". Pensando bem, muitos donos de cafés ou livrarias independentes eram pessoas antipáticas e inaptas à interação social. Até que fazia sentido, já que provavelmente vários deles tinham começado um negócio próprio por não se darem bem no ambiente coletivo das empresas. Kikue não tinha tanta dificuldade na vida social, mas parece que no fim das contas pertencia ao mesmo grupo.

∴

O céu já estava escurecendo lá fora quando outro cliente entrou na loja. Justo nessa hora, Kikue estava escondida atrás do balcão tomando chá de sua garrafinha térmica. A marca se orgulhava da capacidade de seus produtos de manter a temperatura, e com razão – o chá ainda estava fumegando. Aflita ao perceber que alguém tinha entrado, Kikue acabou engolindo rápido demais, então engasgou e começou a tossir, ainda encolhida atrás do balcão. Quando finalmente se recuperou, levantou o rosto e deu com um homem olhando-a com ar culpado. Se apressou em dizer, com a voz ainda rouca:

– Sim, pois não?

– Hã, me desculpe, parece que a assustei... – Constrangido, o homem lhe entregou uma sacola de papel espesso. – É a respeito dos pratos. Sinto muitíssimo por termos enviado uma unidade a menos, foi erro nosso. Poderia verificar o conteúdo, por gentileza?

Kikue tirou a caixa plana de dentro da sacola, abriu e encontrou um prato lindo, adornado com desenhos de animais e plantas. Ela abriu um sorriso:

– Perfeito! Eu adoro esses pratos. Os desenhos são fofos, mas não fofos demais.

O homem também sorriu, alegre.

– Fico muito feliz. Vou informar à ilustradora também, sei que ela vai gostar de saber. Peço desculpas mais uma vez pelo engano e agradeço por sempre contar com os nossos produtos. Ah, ainda não me apresentei...

Dizendo isso, ele entregou um cartão de visitas com o nome que Kikue já se acostumara a ver nos e-mails.

Puxa, então esse é o Yuta?

Kikue examinou aquele homem de ar muito gentil à sua frente, vestindo camisa xadrez e calça azul-marinho. Seu cabelo curto tinha alguns fios grisalhos. Ela havia criado uma imagem tão ruim dele que, no fim, o esforço teve o efeito contrário e a deixou desorientada.

– Hã, sim, muito obrigada por tudo – emendou ela, enquanto revirava a gaveta para achar um dos seus cartões de visita e entregá-lo, toda atrapalhada. Fazia muito tempo que não usava um deles.

Yuta pegou o cartão e, com uma expressão mais relaxada, comentou:

– Sempre acho divertido quando recebo seus e-mails. Uma Kikue em Himeji, lembra a Okiku! – Depois, um pouco ansioso, tentou consertar: – Quer dizer, não digo no mau sentido, eu gosto bastante de histórias de fantasmas.

Kikue também deu risada e respondeu:

– Sim, ouço isso desde criança! Quando ia com a escola visitar o castelo de Himeji, a gente sempre passava por lá na saída. Pelo poço da Okiku. E as outras crianças faziam piada, ficavam me chamando de Okiku.

Kikue não se chateava nem por ter o nome parecido ao de uma personagem de história de terror, nem com as brincadeiras dos colegas. Pelo contrário, chegava a se orgulhar disso. Afinal, não havia como negar que Okiku era muito popular. Todos os visitantes, depois de descer do torreão do castelo, se amontoavam ao redor do poço e ficavam alvoroçados olhando lá dentro. Quase ninguém passava reto por ele. Todo mundo conhecia a história de Okiku, e o poço exercia uma atração impossível de ignorar. Chegava a ser surpreendente que não houvesse *merchandising* da Okiku à venda, como de uma celebridade. Além disso, o fato de o poço de Okiku, que para Kikue pertencia ao mundo das histórias, existir de verdade ali, na sua própria cidade, lhe parecia muito especial. Aquele poço era incrível, conectava o cotidiano ao extraordinário.

– Posso imaginar! Eu também sou aqui de Himeji.

– Ora, é mesmo?

– Sim, a nossa empresa fica em Kobe, mas eu moro aqui e vou para lá todos os dias. Inclusive, hoje deixei para entregar o prato no caminho de volta para casa, e... sei que foi um equívoco nosso, mas achei engraçado que seu nome é Kikue e estava faltando um prato, como na história!

Yuta abriu um sorriso e pequenas rugas se formaram no canto de seus olhos. Por reflexo, Kikue checou o dedo anelar de sua mão esquerda. Apesar de isso não querer dizer muita coisa, já que muita gente nem usa mais aliança.

– Além disso, o santuário da Okiku fica aqui perto, você sabia?

– Puxa, um santuário? Nunca ouvi falar.

– Pois é, acho que pouca gente sabe, mesmo quem é da cidade. É um santuário pequenininho, bem perto daqui. É divertido, tem uma lápide com as palavras "Mulher íntegra" esculpidas.

– "Mulher íntegra"?

– É! Não é interessante? Posso levá-la para conhecer alguma hora, se quiser. Quer dizer, é bem pertinho, nem é o caso de precisar de um guia... Mas eu gosto bastante desse santuário, seria um prazer.

– Hã, bem... Sim, seria ótimo!

Num esforço para se acalmar, Kikue juntou o prato que Yuta havia trazido aos da caixa que estava ao seu lado e começou a contá-los mais uma vez, meio de brincadeira.

– Um, dois...

– Trêês, quaaatro, ciiinco...

Yuta se juntou a ela, numa voz dramática. Kikue deu risada e continuou a contar de forma mais exagerada do que antes.

– Seeeis, seeete, oooito, nooove...

Os dois se entreolharam e exclamaram ao mesmo tempo:

– Deeez!

O riso ecoou na pequena sala.

•••

Depois de trancar a loja, Kikue acompanhou Yuta na direção oeste, empurrando sua bicicleta. No fim, eles tinham ficado conversando até a hora de fechar. Fora um encontro muito inesperado, mas Kikue decidiu não se surpreender. Com certeza esse tipo de coisa pode acontecer com qualquer um.

Chegando à avenida, os dois se despediram, e dali Yuta foi para o sul e Kikue para o norte. Não sem antes combinarem de se ver novamente, é claro.

Enquanto Kikue pedalava, o castelo de Himeji ia ficando cada vez maior à sua frente. Ela olhava aquela construção iluminada, que parecia flutuar no espaço, e sentia o rosto se tingir de vermelho.

EMINÊNCIA

TOMIHIME FITAVA A CIDADE aos pés do castelo e se sentia absolutamente entediada.

Mesmo com as telas de trama apertada cobrindo as janelas voltadas para os quatro pontos cardeais, era possível ver muito longe, qualquer que fosse o clima.

Da janela sul viam-se partes do castelo – o Honmaru, o Ninomaru –, depois o fosso, a avenida – no fim da qual aparecia a estação de Himeji – e, mais longe ainda, o mar, pequenininho. A mesma paisagem de sempre. Não tinha graça alguma. Tomihime olhou para o céu azul onde as nuvens e a fumaça das fábricas conviviam e soltou um bocejo enorme.

Os passos dos turistas, todos calçando os mesmos chinelos com os dizeres "Castelo de Himeji", preenchiam todo o interior do castelo: *plac plac plac plac*. Esse ruído incessante e grosseiro revoltava Tomihime.

Plac plac plac plac.
Plac plac plac plac.

Sempre isso, desde a abertura das portas até o último visitante ir embora, o ano inteiro. E depois da reforma ficara ainda pior.

Pensando agora, no período da reforma o castelo havia ficado bem agradável e tranquilo. Os operários trabalhavam com afinco, e o edifício, todinho coberto de andaimes e tecido, estava reconfortante. Tomihime tinha até se animado e fora visitar sua irmã Kamehime, como não fazia havia muito tempo.

Para evitar que os turistas se trombassem ao circular entre as salas, os corredores haviam sido divididos em faixas, cheios de cones e estacas vermelhos e verdes que não combinavam com o ambiente. As escadas eram separadas, exclusivas para quem sobe ou desce, e tudo fora organizado de forma que nunca acontecia de muita gente se acumular no mesmo lugar. Não dava para negar que era um sistema bem pensado, mas com isso a atmosfera do castelo de Tomihime fora para as cucuias. Todas as pessoas, homens e mulheres das mais diversas idades e países, falando muitas línguas, elogiavam do mesmo jeito o castelo e a vista do torreão, todos tiravam fotos iguais, e depois iam embora num instante. Apesar do esforço necessário para subir as escadas íngremes até ali, logo partiam, sem se abalar. Nem um visitante sequer parecia ter consciência do fato de que, algum dia no passado, algumas pessoas haviam mesmo vivido dentro daquela construção. Hoje em dia, nem mesmo Tomihime se lembrava direito disso. No fundo, será que sua permanência ali ainda tinha algum propósito? Não seria melhor só ir embora e deixar todo aquele povo sozinho, circulando como bem entendia, *plac plac plac plac*? Tomihime estava com vontade de encher a cara.

...

Perto da hora de o castelo fechar, quando o fluxo de visitantes já estava menor, surgiu na escada um jovem de terno. Sua figura chamou a atenção não só porque todos os demais se vestiam como típicos turistas, mas também porque ele estava claramente desconfortável naquela roupa. Não era de todo incomum aparecer alguém de terno, às vezes pessoas vinham para Himeji a trabalho e resolviam aproveitar para conhecer o castelo. Mas esse jovem não estava ali para fazer turismo. Seus olhos encontraram Tomihime, sentada de qualquer jeito no chão, com as costas apoiadas em uma coluna, e com um pequeno aceno de cabeça ele veio reto em sua direção. Aquilo a pegou de surpresa. Era raríssimo aparecer alguém capaz de vê-la, fazia muito tempo que isso não acontecia.

Assim que se aproximou dela, o jovem disparou a falar:

– Muito prazer. Meu nome é Shigeru Himekawa, estou assumindo o posto do senhor Tei como novo responsável por esta região, por isso vim me apresentar e cumprimentá-la. Esperamos poder continuar contando com a colaboração da senhora.

– Himekawa?

Tomihime encarou o jovem. Antigamente seu olhar penetrante fazia os homens se contorcerem, mas esse moço não pareceu se abalar. Estava concentrado na atividade de sentar-se corretamente sobre os calcanhares, evitando as pernas de Tomihime esticadas no chão, e entregar a ela seu cartão de visitas. Ela recebeu o pequeno retângulo de papel branco que ele estendia em sua direção, sem entender muito bem. Precisava mesmo daquele papelzinho?

Agora Tomihime tinha um total de dois cartões de visita: este e o do antigo responsável, Tei. Ela gostava de Tei, um homem não muito másculo. Sempre fora atraída por homens de expressão indiferente, que não se misturavam ao bando. Zushonosuke também fora assim.

– Há muito tempo, um homem com esse mesmo sobrenome subiu aqui no torreão. Mas o sobrenome é a única coisa que vocês têm em comum, de resto são bem diferentes.

O terno que o jovem vestia era evidentemente de alguma rede de lojas barata, e não dava para avaliar se o tamanho estava certo ou não. A falta de estilo lhe dava um ar de alguém pobre. Coitado, pensou Tomihime.

– Ora, é mesmo? – perguntou ele, inclinando a cabeça para o lado.

– Ele arriscou a própria vida para subir até aqui. Vários outros homens fizeram o mesmo. Morriam de medo da gente. Agora só sobrei eu, mas antes muitas outras mulheres também viviam aqui, todas incríveis. Poderosas. Aqueles foram tempos de glória... Hoje em dia ninguém mais arrisca a vida para chegar aqui. Todo mundo sobe despreocupado, calçando esses malditos chinelos. Esses negócios são irritantes demais, sabia? Fazem um alarde dos infernos – reclamou Tomihime.

O jovem franziu o cenho.

– Eu deveria ter subido preparado para arriscar minha vida? Talvez eu possa fazer isso da próxima vez, assim, como postura mental, me preparar mentalmente, pelo menos. Vou me esforçar – declarou ele, sério.

Tomihime soltou um risinho pelo nariz.

– Não, tudo bem. Naquele tempo essas coisas eram novidade, faziam a gente se sentir especial. E a gente era mesmo, então era gostoso. Mas agora eu já enjoei, pode subir como quiser. Tanto faz, para ser sincera.

O jovem ficou aflito.

– A senhora continua sendo especial! Bem que o senhor Tei comentou que a senhora andava com moral meio baixo...

Tomihime olhou feio para o New-Himekawa. O Old-Himekawa era um homem tão incrível, e esse aí... Se estivessem em uma campina, ela jogaria um punhado de mato na cara dele.

– Não me amola. Pode não parecer, mas eu sigo firme e forte, tá. Não é fácil, isso de proteger o castelo. Mas, pra falar a verdade, hoje em dia não sei qual o sentido de eu ficar aqui. O castelo já virou um ponto turístico. Acho que minha função aqui não tem mais muita utilidade.

Essas palavras fizeram o jovem franzir o cenho mais uma vez, e ele ergueu os olhos para um canto, como uma criança a quem tivessem feito uma pergunta muito difícil. Depois encarou Tomihime novamente.

– Não, sua função é útil, sim. Manter um local equilibrado e em boas condições é um trabalho muito importante. Eu caminhei um pouco pela região antes de entrar aqui e reparei que o castelo é visível de qualquer ponto dessa cidade, norte, sul, leste ou oeste. A qualquer momento, basta erguer os olhos e lá está ele, belo e imponente. Acredito que essa presença seja um grande conforto para todos os habitantes. Ou seja, podemos dizer que na verdade o que a senhora está protegendo, Tomihime, são todas as pessoas desta cidade.

– Você fala bonito, hein.

– Hã, talvez...

Sem mudar a expressão mal-humorada, Tomihime recolheu para os lados as pernas que estavam estiradas e sentou-se um pouco mais aprumada.

– Por que você consegue me ver?

New-Himekawa explicou, coçando a cabeça:

– Bem, é que desde que a minha mãe faleceu, começaram a acontecer umas coisas estranhas ao meu redor. E aí, enquanto eu tentava lidar com aquilo tudo, um dia ela apareceu na minha frente.

– Uau, que incrível!

O jovem concordou, sério.

– Parece que o plano inicial da minha mãe era se vingar do meu pai, ela estava desenvolvendo algumas técnicas para isso. Mas no meio do caminho começou a achar divertido e quis simplesmente exibir suas novas habilidades para alguém. Por isso apareceu para mim. Para fazer uma espécie de show de mágica.

– E aí você passou a enxergar?

– Não, no começo eu só conseguia ver minha mãe. O problema é que ela é uma pessoa sociável demais e trazia muitas amigas fantasmas para me visitar. Eu expliquei várias vezes que não adiantava, porque não conseguia ver mais ninguém, mas ela não se abalou, ficou insistindo que eu conseguia, sim. E aos poucos eu fui conseguindo, mesmo.

– Puxa, dá pra dizer que ela se dedicou à sua educação.
– É.
– E o senhor Tei sabia dessa sua habilidade?
– Não, tudo isso só aconteceu depois que eu já tinha entrado para a empresa. Quando perguntei por que me contrataram, ele disse que foi um *feeling*.
– Não diga.
– Ele também disse que, como eu sou muito avoado, não sou propenso a ser influenciado pelas pressões do ambiente. Segundo ele, não é bom negócio contratar pessoas que se deixam levar demais pelo seu tempo.
– Sei.

Tomihime não fazia o menor esforço para esconder o fato de que achava New-Himekawa um sujeito esquisito, isso estava estampado em seu rosto. Mas ele seguiu falando inabalado, sem se intimidar com o olhar dela.

– Bem, acho que já vou indo. O castelo já vai fechar, e hoje eu vim apenas me apresentar à senhora. Volto a visitá-la em breve – disse ele, erguendo o corpo magro.

Sem pensar, Tomihime se levantou também. O jovem se voltou para a janela sul e se aproximou para olhar por ela, comentando:

– Pensei em aproveitar para cumprimentar a Okiku também.

Os dois baixaram os olhos e logo encontraram o poço de Okiku no pátio Ninomaru. Havia algumas pessoas ao redor, ele, espiando lá dentro, e um segurança parado por perto.

– Ah, a Okiku não tá mais lá, não – retrucou Tomihime.
– Não está?! – New-Himekawa deixou escapar um grito. Tomihime tapou os ouvidos num gesto dramático.

– É, ela foi embora já faz bastante tempo. Acho que lá pro final da década de 1970. Ela tinha aquele jeito meio ansioso, né, então veio falar comigo antes de ir, perguntar se tinha algum problema. Eu falei que tudo bem, que não me incomodava. Pra ela ir tranquila que eu cuidaria de tudo por aqui.

– Nossa, é mesmo? Fiquei um pouco decepcionado...

– Mas você nem tinha percebido, tinha? O poço continua lá, sendo poço. Por isso eu comecei a pensar que, mesmo se eu fosse embora, quem sabe o castelo também continuaria igual. Até porque essa história de que os mortos ficam pra sempre neste mundo, presos a alguma ideia fixa, é capricho das pessoas, sabe. A Okiku reencarnou rapidinho, e agora olha só, vive por aquelas bandas com um namorado novo, muito bem, obrigada.

Tomihime apontou para um bairro a oeste da estação. É claro que não daria para ver nada, mas o jovem, obediente, apertou os olhos naquela direção.

– E você acredita que, depois de reencarnar e tudo o mais, a mulher continua contando pratos? Nunca vi alguém gostar tanto assim de prato – riu Tomihime.

Mas New-Himekawa estava abalado, olhando do poço para o lugar que ela apontara e de novo para o poço. Por fim, voltou o olhar angustiado para Tomihime. Sentindo esse olhar, Tomihime declarou com uma sinceridade que surpreendeu até a si mesma:

– Mas acho que eu vou ficar mais um pouco por aqui.

O rosto dele se desanuviou na hora, então ela acrescentou, num impulso de crueldade:

– Mas quando eu cansar de verdade, vou embora. Não vou ficar penando pra sempre não, viu!

– Sim, é claro. Caso isso aconteça, vamos trabalhar juntos para buscar a melhor solução. – New-Himekawa assentiu várias vezes com a cabeça, compenetrado.

...

O jovem desapareceu escada abaixo e, várias horas depois, a noite caiu. Era hora do ritual diário de Tomihime, antes de ir dormir.

Ela circulou devagar por todo o torreão, já deserto, observando a paisagem de cada uma das janelas como se as inspecionasse. Os rangidos do assoalho de madeira ecoavam alto pelos cômodos silenciosos. Ela sabia. Sabia que aquela cidade, ao mesmo tempo mergulhada na escuridão e iluminada pelas luzes das casas e pelos letreiros chamativos, era toda sua. O castelo branco e reluzente em que pisava era ela mesma. Aquele lugar era tão seu que chegava a dar raiva.

INSPIRAÇÃO PARA AS HISTÓRIAS

SE CUIDAR

Musume Dōjōji [A donzela do Templo Dōjō] – *kabuki*

O Templo Dōjō passou muito tempo sem um sino. Reza a lenda que o motivo foi uma jovem chamada Kiyohime, que se apaixonou por Anchin, um belo monge do templo. Sendo monge, Anchin tentou desencorajar a aproximação de Kiyohime, até que, depois de ser rejeitada diversas vezes, o amor da moça virou um ódio intenso e ela se transformou em uma serpente poderosa que soltava fogo. Aterrorizado, o monge fugiu e se refugiou sob o enorme sino do templo. A cobra então se enroscou no sino e lançou seu fogo sobre ele fazendo o metal derreter e o monge arder até a morte.

Desde então, além de o Templo Dōjō não ter sino, também é proibida a entrada de mulheres em seu perímetro. A peça de *kabuki* começa quando o templo finalmente recebe um novo sino e começa a organizar uma cerimônia comemorativa. Uma bela jovem chega ao templo e se apresenta como uma dançarina viajante chamada Hanako. Convencidos por sua beleza e seu entusiasmo, os jovens monges permitem que ela entre no templo. Lá dentro, ela começa a apresentar

---

* Essas notas foram produzidas pela tradutora Polly Barton, que gentilmente autorizou sua publicação na edição brasileira. Créditos da edição em inglês: *Where the Wild Ladies Are*, de Aoko Matsuda. Tradução de Polly Barton. Nova York: Soft Skull, 2020. (N.E.)

uma longa dança. Em certo momento, os monges começam a desconfiar que há algo estranho, mas já é tarde demais. No fim da performance, Hanako sobe no sino e revela ser o espírito de Kiyohime.

LANTERNAS FLORIDAS
Botan Dōrō [A lanterna com peônias] – *rakugo*

Esta é uma conhecida narrativa de fantasmas. Na versão para contadores de histórias *rakugo*, a jovem Otsuyu conhece Shinzaburō Hagiwara, um *rōnin* ou samurai sem mestre, e os dois se apaixonam. Porém, o relacionamento é proibido por eles pertencerem a classes sociais diferentes. Os sentimentos de Otsuyu são tão profundos que ela acaba morrendo de amor. No Obon (período festivo em meados de agosto em que se acredita que os espíritos dos mortos retornam à Terra), ela aparece à porta de Shinzaburō para um reencontro apaixonado. Desde então, passa a visitá-lo todas as noites, sempre trazendo nas mãos uma lanterna decorada com peônias.

Um inquilino da casa de Shinzaburō, vendo-o ficar cada vez mais abatido, crê que ele esteja possuído e pendura um amuleto na porta. Isso impede o fantasma de Otsuyu de entrar, e quem passa pela casa ao cair da noite vê uma lanterna triste flutuando nos arredores.

Com o tempo, o inquilino e sua esposa são convencidos a trocar a alma de Shinzaburō por dinheiro. Eles removem o amuleto, e a lanterna entra alegremente na casa. Na manhã seguinte, o cadáver de Shinzaburō é encontrado abraçado a um esqueleto.

HINA-CHAN
Kotsuturi [Pescando esqueleto] – *rakugo*

Nesta história, um homem chamado Mohachi, que se dedica ao entretenimento como uma gueixa, é convidado por um jovem senhor para um passeio de barco no rio, junto com vários outros artistas. Mohachi não quer muito ir pescar, mas decide aceitar quando o anfitrião oferece uma recompensa para quem pegar os maiores peixes, e acaba pescando um crânio humano. Enojado, seu primeiro impulso é lançar o osso de volta ao rio, mas o anfitrião diz que ele deveria levar o crânio para um templo e fazer os devidos ritos. Mohachi faz isso e volta para casa. Na alvorada seguinte, recebe a visita de uma jovem, que lhe conta das dificuldades pelas quais passou e que a levaram a se jogar no rio, e diz que deve a Mohachi sua salvação. Um vizinho, incomodado com o falatório logo cedo, vem reclamar. Ao descobrir o que aconteceu, o vizinho também arranja um esqueleto, na esperança de que uma mulher venha visitá-lo, mas fica muito desapontado quando o fantasma que surge para agradecê-lo é o famoso fora da lei Ishikawa Goemon.

ZELOTIPIA
Neko no Tadanobu [O gato Tadanobu] – *rakugo*

Certo dia, Jirōkichi, pupilo de uma bela professora de *jōruri*, vê sua mestra bebendo com Tsunekichi, um homem casado, cheia de intimidade. Tomado pela inveja, Jirōkichi vai dedurar os dois para Otowa, esposa do homem, que é conhecida por ser muito ciumenta. Como ele esperava, Otowa é tomada por um acesso de ciúmes e seu impulso é destruir o quimono do marido. Mas quando Jirōkichi a incentiva a despedaçar as roupas e destruir a louça da casa, Otowa se acalma e lhe informa que seu marido está na sala dos fundos.

Jirōkichi, no entanto, não se dá por vencido, pois acabara de testemunhar a infidelidade. Ele consegue persuadir Tsunekichi a ir à casa da professora, onde o homem encontra outra versão de si mesmo, bebendo com a tal mulher. Por fim, descobrem que seu duplo na verdade é um gato cujos pais haviam sido esfolados e usados para fazer o instrumento *shamisen* que fica na casa da professora. Era por saudades dos pais que o gato tomava a forma de Tsunekichi e vinha visitá-la.

ONDE VIVEM AS MONSTRAS e A PESSOA AMADA
Hankonkō [Incenso para conjurar espíritos] – *rakugo*

Um *rōnin* se muda para um conjunto de casas e incomoda os vizinhos tocando um sino madrugada adentro. Quando o administrador vai reclamar, o *rōnin* explica que está fazendo os ritos para sua finada esposa. Ele confessa que recebeu dela incensos para conjurar os mortos e que, quando acende um dos incensos e toca o sino, ela reaparece. O administrador assiste a uma demonstração e depois pede um pouco de incenso, dizendo que ele também gostaria de rever sua falecida esposa. Mas, por mais que ele implore, o *rōnin* se recusa, desculpando-se profusamente e dizendo que não pode fazer esse favor.

Tomado pelo desejo de reencontrar a esposa, o administrador compra um incenso que acredita ter o poder de conjurar espíritos, mas que não passa de um remédio com o mesmo nome. Ele volta para casa, joga o incenso no fogo e aguarda. Finalmente, alguém bate à porta. Ele vai abrir achando que é a esposa, mas é só um vizinho reclamando do excesso de fumaça.

A VIDA DE KUZUHA
Tenjinyama [Monte Tenjin] – *rakugo*

Um homem excêntrico decide que, em vez de fazer um piquenique sob as cerejeiras em flor, como é costume na primavera, vai ir ao cemitério de um templo. Lá ele faz um banquete sozinho e, no fim, repara num pedaço de esqueleto despontando da terra e o leva para casa. Naquela noite, uma bela mulher aparece para ele e os dois se casam. Algum tempo depois, o homem comenta com um vizinho como é barato manter uma esposa fantasma, e o vizinho também vai ao templo em busca de uma mulher assim, mas não encontra. Então ele se embrenha na montanha e reza por uma esposa.

No caminho de volta, encontra um caçador carregando uma raposa, compra dele o animal e o liberta, depois reza de novo por uma boa esposa. A raposa se transforma em mulher humana, alcança seu salvador e se torna sua noiva. Três anos mais tarde, depois de o casal ter um filho, rumores sobre sua identidade se espalham e ela foge, deixando um poema escrito na porta: "Se você tiver saudades de mim, me procure no interior das montanhas do monte Tenjin, ao sul".

DO QUE ELA É CAPAZ
Kosodate Yūrei [O fantasma cuidador de crianças] – folclore

Certa noite, uma jovem muito pálida bate à porta de uma loja de doces, com uma moeda em mãos, pedindo uma bala. O dono fica desconfiado, mas acaba cedendo e vendendo um doce para ela. Isso se repete por seis noites até que, na sétima, ela confessa que não tem mais dinheiro e oferece, em troca da bala, o seu casaco haori.

No dia seguinte, o dono da loja deixa a peça de roupa diante da loja. Um homem rico que passava por ali reconhece a vestimenta que havia colocado no caixão de sua filha, enterrada pouco tempo antes. Quando o comerciante explica o que aconteceu, o homem rico corre até o túmulo da filha, de onde escapa o choro de um bebê. Ele desenterra o caixão e encontra sua filha agarrada a um bebê recém-nascido. As seis moedas com as quais ela fora enterrada, necessárias para cruzar o rio que separa este mundo do outro, desapareceram, e o bebê está chupando uma bala. "Você se tornou um fantasma para cuidar da criança que nasceu dentro do túmulo!", exclama o pai. "Eu prometo criá-lo com todo o cuidado." Nesse momento, a cabeça do cadáver tomba para frente, como se ela concordasse. O bebê é criado no templo e se torna um grande monge.

O QUE ARDE É O CORAÇÃO
Yaoya Oshichi [Oshichi, a filha do quitandeiro] – folclore

No Japão, cada templo budista e santuário xintoísta tem carimbos próprios, chamados *shuin*. Por uma pequena quantia, quem visita esses locais pode pedir que o calígrafo (geralmente um dos monges) estampe esses carimbos em um papel e escreva sobre eles, a pincel, informações como o nome do templo e a data da visita. É uma prática comum colecionar esses carimbos em cadernos especiais, chamados *shuinchō*.

MEU SUPERPODER
Yotsuya Kaidan e *Kaidan Ichikawazutsumi* [A história de Oiwa e Iemon e Histórias assombradas do assassinato de Okon] – *rakugo*

Yotsuya Kaidan é, talvez, a história de fantasmas mais conhecida no Japão.

Iemon é casado com Oiwa, até que a família dele decide que ele deve se casar com outra mulher e dá a Oiwa um creme envenenado, que a deixa desfigurada. Horrorizado com a aparência da esposa, Iemon pede a seu irmão Takuetsu que a estupre, o que lhe daria uma justificativa para pedir o divórcio. Takuetsu, no entanto, não tem coragem de fazer o que foi solicitado. Em vez disso, mostra a Oiwa como está seu rosto. Ao vê-lo, ela tem um acesso de raiva, escorrega e cai sobre a própria espada, ferindo-se fatalmente. Mais tarde, retorna como fantasma.

Okon, personagem de outra história de terror, é uma ex-gueixa que se casa com um jogador, Jirōkichi, mesmo sabendo que, devido à vida desregrada dele, os dois nunca terão dinheiro. Um dia, uma espinha surge no rosto de Okon e acaba virando uma doença terrível. Jirōkichi sai de casa em busca de dinheiro para seu tratamento, prometendo voltar em no máximo dez dias. Ao retornar, no décimo primeiro dia, sua esposa desapareceu. Muito mais tarde, quando ele está casado com outra mulher, Okon volta para lhe fazer uma visita.

AS ÚLTIMAS BOAS-VINDAS
Zashiki Warashi [A criança no cômodo] – folclore

Zashiki Warashi é um personagem muito querido do cânone de *yōkai* (criaturas sobrenaturais do folclore japonês). É o espírito de uma criança pequena, com o cabelo cortado em cuia, que habita algumas casas, vivendo nas salas de visita com piso de tatame (*zashiki*). Apesar de serem conhecidos por suas travessuras, também se acredita que esses *yōkai* trazem boa sorte a qualquer um que os veja e às casas onde vivem.

TIME SARASHINA
Momijigari [Admirando os bordos] – *kabuki*

A versão para *kabuki* desta história, adaptada de uma peça clássica de teatro *nô*, foi o primeiro filme gravado no Japão. O guerreiro Taira-no-Koremochi está caçando veados nas montanhas quando depara com uma bela mulher fazendo um banquete com sua comitiva para celebrar as folhas coloridas do outono. O guerreiro tenta passar reto, mas a mulher o convida a se juntar para partilhar da bebida. Depois, é revelado que ela é uma princesa-demônio chamada Sarashina-hime. Quando o homem adormece, embriagado, ela faz menção de abandoná-lo e lançar sobre ele um feitiço para que nunca mais acorde, mas um deus da montanha intervém e entrega uma espada divina a Koremochi, graças à qual ele consegue derrotar a princesa.

DIA DE TRÉGUA
Shinobiyoru Koi Wa Kusemono [O visitante noturno suspeito] – *kabuki*

O jovem guerreiro Mitsukuni está explorando as ruínas do palácio do senhor Taira-no-Masakado quando uma tempestade o força a se abrigar ali, onde acaba adormecendo. Ao acordar, ele encontra ao seu lado uma linda mulher misteriosa, vestida como cortesã, que declara estar apaixonada por ele há muito tempo. Desconfiado, o jovem decide testá-la narrando os últimos momentos de Taira-no-Masakado durante a famosa batalha em que ele perdeu a vida. A mulher não consegue conter as lágrimas, revelando assim ser Takiyasha-no-Hime, filha de Masakado. Já que sua tentativa de seduzi-lo falhou, ela tenta convencê-lo a abandonar seu clã e começar uma rebelião junto com ela. Mitsukuni se recusa e chama seus guerreiros, mas a princesa, com seus poderes mágicos, derrota todos facilmente. Depois disso ela desaparece e produz um terremoto, do qual Mitsukuni consegue escapar. Por fim, a princesa reaparece montada em um enorme sapo e hasteia a bandeira de batalha da família Masakado.

SE DIVERTINDO
San Nen Me [O terceiro ano] – *rakugo*

Nesta história, uma mulher à beira da morte promete a seu marido que, se ele for obrigado a se casar novamente depois que ela se for, voltará na noite de núpcias para assombrá-lo e espantar a nova esposa. Porém, seu cabelo é raspado durante os ritos fúnebres, conforme os costumes da época, e ela percebe que terá que esperar três anos até ele crescer de novo para poder reaparecer como fantasma, pois acredita que seu marido jamais a acharia bonita sem o cabelo longo.

Quando ela finalmente vai assombrá-lo, ele já desistiu de esperar por ela e teve um filho com a nova esposa.

A VIDA DE ENOKI
Chibusa no Enoki [A árvore dos seios] – *rakugo*

O vilão Sasashige consegue forçar sua entrada na casa de Shigenobu e sua devota esposa, Okise. Ele convence um criado a assassinar Shigenobu, toma seu lugar como marido de Okise e ordena ao criado que mate o bebê Mayotarō, filho dela com o finado esposo. O homem está prestes a jogar o bebê em um rio quando o fantasma de Shigenobu aparece e salva a criança. Depois disso, o criado decide criar o bebê em segredo, e sobrevive morando em Akasaka-mura, nos arredores de Tóquio, onde há uma árvore da espécie *enoki* famosa por produzir uma seiva com poderes curativos.

Enquanto isso, Okise dá à luz um filho de Sasashige, mas a criança morre. Surgem abcessos nos seus seios, que a resina da *enoki* cura temporariamente, mas seu falecido marido aparece em seus sonhos, aumentando ainda mais o sofrimento da mulher. Sasashige tenta extrair o pus dos abcessos furando-os com sua espada, mas acidentalmente a lâmina penetra fundo demais e ela morre. Sasashige enlouquece e aparece desvairado em Akasaka-mura, onde é assassinado por Mayotarō e pelo fantasma de Shigenobu.

A JUVENTUDE DE KIKUE
Sarayashiki [Mansão dos pratos] – *rakugo*

A heroína desta história clássica é a bela Okiku, uma criada na residência de certo samurai. Já faz tempo que seu mestre tenta seduzi-la, mas ela sempre resiste aos avanços. Irritado, ele decide enganá-la e esconde um dos dez preciosos pratos de porcelana chinesa da família, para que Okiku acredite tê-lo perdido. Depois de contar e recontar os pratos várias vezes, Okiku vai confessar a falta a seu mestre, aos prantos, e ele diz que a perdoará se ela se tornar sua amante. Quando ela se recusa, ele a joga dentro de um poço para morrer.

Diz-se que o fantasma de Okiku conta até nove antes de soltar um grito desesperado. Para exorcizá-lo, é preciso que alguém de carne e osso grite "dez" bem alto, quando ela termina de contar.

EMINÊNCIA
Tenshu Monogatari [A história do torreão do castelo] – peça
    Nesta peça de Kyōka Izumi, a fantasmagórica Tomihime vê, do alto do torreão do castelo de Himeji, onde vive com sua comitiva de criadas e acompanhantes, o belo falcoeiro Zushonosuke Himekawa. Tomihime usa seus poderes sobrenaturais para capturar um dos falcões do jovem e dá-lo à sua irmã Kamehime, e, quando ele sobe no torreão para recuperar o animal, Tomihime e Himekawa se apaixonam.

Este livro foi composto com tipografia Electra Std e impresso
em papel Off-White 80 g/m² na Formato Artes Gráficas.